東京箱庭鉄道

原 宏一

祥伝社文庫

序幕

吉野家《よしのや》でビールを飲んでいた。

東京が十年ぶりの冷夏に見舞われて八月に入っても梅雨《つゆ》が明けないと話題になっていた頃だから、六年前の八月初旬だったと思うのだが、日にちは忘れた。

その日のことなら、早朝の五時半に交通誘導員の夜バイトから解放されて六時に新宿《しんじゆく》の大ガードに程近い吉野家のカウンター席に座ってBSE騒動以前の牛丼特盛五百四十円とお新香九十円をつまみがわりにお一人様三本までのビール四百円を二本飲んだことまでちゃんと記憶しているのだが、なぜか正確な日にちだけがすっぽりと記憶から抜け落ちている。

まあ、思い出したところで何かの意味を持つような日ではなかったと思うのだが、ただ、素晴らしく面白いプロジェクトだったのと同時に、いささか切なくて哀《かな》しい事件に発展してしまったこの話を語る上で、時間軸の基点を正確に伝えられないことだけは心残りでならない。

早朝とはいえ吉野家の店内は賑《にぎ》わっていた。朝方まで飲んだくれてよれよれになったサラリーマン風、朝方までクラブでナンパしてふられ続けたに違いない遊び人風、朝方までそんなお客を接待していて不機嫌な黒服風、朝方までおれと同じように夜勤仕事に奮闘していてくたくたになった労働者風、さらには朝方から建築現場に出勤する途中の職人風など、それぞれがそれぞれの目的と時間をひきずって牛丼やら朝定食やらをかっこんでいた。

そんな人間模様をぼんやりと眺めながら、警備服姿で誘導ライトを一晩中振り続けた疲れを洗い流すべくおれはビールの摂取にいそしんでいたのだが、その男の存在にはまったく気づいていなかった。

男はカウンターの左隣にいた。いつからいたのかわからないが、一本目のビールが空になって二本目を注文しようと思っているとき、不意に声をかけられた。

「夜中の仕事までやられているとは働き者ですね」

おれが声をかけられたとは思わなかったことから無視していると、たたみかけられた。

「大家さんの仕事だけでは物足りませんか？」

驚いて男を見た。

几帳面《きちょうめん》に刈《か》り揃《そろ》えられた七三分けの白髪。端整な顔立ちにすっと一筆入れたような切れ長の目。仕立てのよさそうなストライプの三つ揃いスーツをぴしりと着こなしたその姿は老舗《しにせ》企業の相談役といった風情で、まず吉野家では見かけないタイプだった。

　男の前には牛丼の並が置かれていたが、箸《はし》はまったくつけられていない。

「どこかでお会いしましたか？」

　慎重に問い返した。すくなくともおれの二十八年間の記憶の中には、こういう人物との出会いはなかった。

　しかし男は、おれの問いには答えることなく、

「港区《みなとく》鮫島町《さめじまちょう》三丁目でアパートを経営されている妹尾順平《せのおじゅんぺい》さんでいらっしゃいますね」

　確認するように言った。

「だれです？」

　語気を強めた。なぜそこまで知っているのか。何かの容疑で尋問しにきた私服警官か。これでもおれは真っ当に生きてきた。自動販売機の釣銭口に残っていた百円玉をねこばしたり、電車にお年寄りが乗ってきたのに座席に座ったまま眠っているふりをしたり、ソース二度づけ禁止の串かつ屋で店員の目を盗んで二度づけしたこともないではないが、私服警官から尋問されるような犯罪に手を染めたことは神に誓って一度もない。

　すると男はおれの反応を愉《たの》しんでいるかのように切れ長の目を細めて微笑《ほほえ》むと、

「いや失礼いたしました。わたくし、ヒノミヤと申します」

深々と頭を下げた。

ヒノミヤ、ヒノミヤと頭の中で繰り返したが、やはり記憶にない。

「日出《いづ》る国の日、嵯峨《さが》野《の》の野、伊勢《いせ》神宮《じんぐう》の宮と書いて日野宮《ひのみや》、日野宮邦彦《くにひこ》と申します。実はわたくし本日、妹尾さんにお願いがあってやってまいりました」

「お願い、ですか」

戸惑《とまど》っていると、日野宮なる男は店員に声をかけてビールを持ってこさせて、おれのグラスに注《つ》いだ。

「まあ飲みながら聞いてください。よかったらこれも召し上がりませんか、お若いからいくらでも入るでしょう」

手つかずの並牛丼をこっちに差し出す。

注がれたビールを飲んでしまっていいものか、一瞬、迷った。しかし、どうせ二本飲むつもりでいたのだから自分で支払えばいいことだ、と思い直してひと息で飲み干した。

「いい飲みっぷりですね」

日野宮は再び目を細めると、改めておれの目を見据えて言った。

「テツドーをつくっていただきたいのです」

「テツドー？」

意味がわからなかった。

「太い二本のレールの上をがったんごっとんと走る鉄道、ありますよね。あの鉄道を、ぜひともあなたに、こしらえていただきたいのです」

1

オズ・ノイのギターが炸裂《さくれつ》している。

イスラエル出身の超絶ギタリストが奏《かな》でるジャズもファンクもロックもそっくり呑み込んだ混沌《こんとん》サウンドが枕元で鳴り響いている。

電話だ。

朦朧《もうろう》とした意識の中でそう気づきながらも、なかなか起きられなかった。オズ・ノイのギターなら雑踏《ざっとう》の中にいても目立つと思ってわざわざ着メロにしているのだが、それでも眠気には勝てない。

大好きなファンキー・チューン、『セイ・ホワット!?』のテーマがループで一回、二回、三回、四回、五回繰り返されたところで、おれはもぞもぞと布団《ふとん》の中から手を伸ばして、七回めの途中あたりでようやく携帯電話をつかんだ。

「あたしだけど」

受話口から威勢のいい女の声が飛び込んできた。木之元理恵《きのもとりえ》だった。おれが以前勤めていた銀座《ぎんざ》の広告代理店、協栄《きょうえい》広告に同期入社した同僚で、その後、渋谷《しぶや》のネット企画会社に転職して働いている。

「勘弁してくれよ、こんな時間に」

切ろうとすると、

「なにがこんな時間よ。世の健全な勤め人の世界では、ランチタイムのメニューが話題に上ってる時間じゃない」

時計を見ると午前十一時半を過ぎたところだった。道理で眠たいはずだ。

帰宅したのは朝の八時頃。それからテレビのワイドショーを眺めながら寝酒のビールを飲みはじめて朝九時半頃まで起きていたことは覚えているのだが、いつのまにか寝てしまったらしい。

「健全な夜バイトの世界じゃ朝十一時半は真夜中なんだよ。夕方になったら掛け直してくれるか」

「なにそれ、ご挨拶《あいさつ》ねえ。電話しろって言ってきたの、セーノのほうじゃない」

セーノとは、おれのことだ。妹尾という名前が発音しにくいことから、いつのまにかそう呼ばれるようになった。

「おれ、電話したっけ?」

「電車で移動中だったから電話に出られなかったけど、あとで留守電を聞いたらべろべろに酔っぱらった声で、リエさま、お願いです、お電話ください、忘れちゃいやよって。あれ、セーノじゃなかったらだれなわけ？」

それで思い出した。今夜、ぜひリエに会わなきゃいけないと思い、ワイドショーが終わる頃に電話したのをすっかり忘れていた。

「実は大事な話があるんだ」

「ずいぶん簡単に忘れる大事な話ね。結婚の申し込みだったら相変わらず間に合ってるけど」

「そういう言い方はやめてくれよ」

おれは一度、リエにプロポーズしたことがある。リエとは協栄広告の同僚時代からの飲み友だちだが、そこまで親しくなる以前、彼女は十歳上の男と結婚して速攻で離婚したことがある。それを承知で親しくなったある晩、思いきって口説《くど》いたところ、

「飲み友だちと結婚したら飲み友だちがいなくなっちゃうから、いまのままでいいよ」

あっさりふられた。

それでも、親しい飲み友だちとしての関係はまったく変わることがなかった。恋仲でもないのに、いまでも月に一度は夜の街で待ち合わせては二人肩を並べて飲み歩いているのだから不思議といえば不思議な関係だった。

「とにかく大事な話なんだ」

「けど今夜は」

「そこをなんとか頼む！　夜八時、『たたみ屋』で待ってる！」

いつもの待ち合わせ場所を早口に告げると、返事を待たずに切ってしまった。


おれのことをすこし話そう。

このところは週に二日ほど夜バイトの交通誘導員もやっているが、現在のおれの本業はアパートの大家だ。

アパートの管理人として雇《やと》われているわけではない。二年前から全十戸のアパートを個人資産として所有していて、その賃料によって生計を立てている。

アパートの名前は日《ひ》の出《で》荘。昭和の薫《かお》り高い平々凡々な名前で、東京都港区の西南に位置する古くからの下町、鮫島町三丁目にある。

地下鉄・鮫島町駅のA－1番出口から出てすぐの鮫島商店街から歩いて十分ちょっとの距離。揚げ立てメンチカツがうまい貴島《きじま》精肉店と自家製汲《く》み豆腐《どうふ》が人気の釜谷《かまたに》豆腐店の合間を左折。坂道が多いことで知られる港区の坂の中でもとりわけ勾配《こうばい》がきつい鞠母《まりも》坂という坂道を上った先の高台に立つ、築三十余年のかなり年季の入った木造二階建てだ。

それでも不動産情報誌風に言えば、

港区鮫島地下鉄歩十分

土地三三五㎡付公道面
建二九八㎡木造二階建
２ＤＫ十戸全南向閑静
住宅街買物至便環境良

ということになるから、あながち悪い物件ではないと思う。

事実、入居してくれている人たちも、

「築年は古いけど間取りがいい」

「畳《たたみ》が昔のサイズで大きいところがいい」

「鮫島商店街が近いから台所がわりに使えていい」

「地下鉄の駅が近いから都内のどこに行くにも便利でいい」

などと言って喜んでくれているし、なにより、全十戸のうちの一戸に実際に暮らしているおれ自身もそう思うのだから間違いない。

おかげで、貸し部屋業ほど世の中の好不況に左右されるものはないのだが、景気回復が遅れていると言われたこの二年間、ずっと満室が続いている。空室が埋まらなくて困ったようなことは一度もない。

それにしても二十代のおれが、なぜこれだけの資産を所有しているのか。だれもが持つ疑問だと思う。なにしろ建物自体は無価値だが、土地のほうはそれなりの値がつく、と地元の不動産屋から言われた物件だ。おれが大家だと知った人間からは、妬《ねた》み半分、何かにつけてちょっかいを出されることが多くてうんざりさせられる。

「裏にパトロンがいて、そいつの税金逃れのために世を忍ぶ仮のオーナーを任されているのではないか」

そんな憶測を確定申告の時期に言いふらされて迷惑したことがあれば、

「わしと共同事業契約を結んでくれたら、いまの十倍も二十倍も儲《もう》かるマンションに建て替えてやるが、どうだね」

と土地目当ての実業家おやじからしつこく言い寄られたこともあれば、

「若いうちからそんな楽隠居のような生活をしていたら天罰が下ります。アパート資産のような俗世の欲は本教団に寄進して神に仕えてこそあなたは救済されるのです」

とカルト教団への入信をストーカーまがいに迫られたことも一度や二度ではない。

そんな目に遭《あ》うたびに、世間が思うほど遺産相続人は楽じゃないぞと声を大にして訴えたくなるのだが、それでもやはり、これだけの財産を遺してくれた祖父には感謝すべきだと思う。

そう、このアパートは二年前に八十八歳で亡くなった祖父から遺産として受け継いだものだ。祖母はその三年前に病死していたし、祖父の一人息子、つまりおれの父親はおれが二歳のときに交通事故で他界してしまっているから、結果的に遺産相続人になれるのはおれしかいなかった。

ちなみにおれの母親は、父親が事故死した直後に妹尾家を離れた。詳しい事情はだれも話してくれなかったから知らないが、それ以来、おれは祖父母の手によって育てられた。

幼い頃からずいぶんと可愛がられたことを覚えている。なにしろ祖父も祖母も六十代後半。おまけに、すでに祖父は日の出荘を所有していたから、時間的にも資金的にも子育てに専念できる余裕があったのだろう。

だからおれにとって祖父母は実の父母も同然の存在だったし、祖父母にとっても孫というよりは実の子同然だったと思う。それもあって祖父母からは事あるごとに、

「日の出荘は順平が大事に守っていくんだぞ」

と言い聞かされたものだった。

日の出荘は祖父にとって特別な意味を持つ財産だった。もともとは、祖父が仕事を退職するときに退職慰労金がわりに譲《ゆず》り受けたものだと聞いている。祖父は戦中戦後と長年にわたって都心の大きな屋敷で働いていたそうだが、それにしても、使用人に退職慰労金がわりにアパートをくれるとは豪勢《ごうせい》な話だと思うのだが、生前の祖母に言わせれば、

「それに見合うだけの功績を残したんだから、当然のご褒美《ほうび》だよ」

ということになる。

祖母も祖父もそれ以上のことは話してくれなかったが、いずれにしても、祖父の功績のおかげで広告代理店を辞めても好きなものを食べて好きな音楽を聴いて贅沢《ぜいたく》はできないまでも不自由のない〝楽隠居生活〟が送れているのだから、祖父には心から感謝しなければならない。

ただ、こんな恵まれた環境を与えられているくせに、楽隠居生活は思ったより楽しくなかった。定年後の六十代七十代だったらまだしも、二十代半ばにして悠々自適《ゆうゆうじてき》は苦痛だと言ってもよかった。

なにもしなくていいということは、思った以上につらいことだった。大家としての仕事もないことはないのだが、せいぜい月に二度か三度程度。それも水道の出が悪くなったから見てほしいとか、壁紙を張り替えてもいいかといった入居者の雑務をこなすだけだから、たいした手間はかからない。基本的にやることがないのが日常なのだ。

外出することも極端にすくなくなる。なにしろ毎日出勤しなくていいから、近所のファミレスにめしを食いにいくか、コンビニに雑誌を立ち読みしにいくぐらいしか外出の必要がない。しかも、そんな毎日を繰り返していると知らず知らずのうちに出不精《でぶしょう》になってしまい、わざわざ街に出掛けていったり、友だちに会いにいって飲んだりするのも面倒臭くなってくる。

かろうじてリエとは定期的に飲んでいたが、それでもある晩、

「セーノ、やばいんじゃない？　最近、目が死んでるし」

と心配された。アパートに閉じこもることが多くなると、世の中の状況に疎《うと》くなるせいか、二人で飲んでも以前のように話が弾《はず》まないし、なんかおもしろくない、とはっきり言われた。

これではいけない、と思った。

無理やりにでもやることをつくらなければ生ける屍《しかばね》というやつになりかねない。そんな危機感から週に二、三日はバイトをやることにした。再就職して正社員になることも考えたが、それだと大家の仕事に差し支える。月に二、三度の入居者の雑務といっても、平日休日を問わず突発的に発生する。その点、バイトだったらドタキャンもしやすいし責任も軽くてすむ。

そのかわり、日数がすくないぶんきつい仕事を選ぶことにした。体を使ってくたくたになる仕事のほうが働いている自分を実感できる気がしたからだ。

交通誘導員の夜バイトは三か月ほど前からはじめた。夜七時半から朝五時半まで深夜の工事現場に立ちっぱなしで車を誘導する仕事で日給は九千円。

片交《かたこう》と呼ばれる片道交通の誘導は、車が通行している道路に出ていって誘導ライト一本で車の流れを止めなければならないし、高速道路の現場では深夜便のトラックが猛スピードで駆け抜ける路肩で誘導ライトを振り続けなければならないから、体力的にきついだけでなく常に危険と隣り合わせ。正直、割に合わない仕事といっていい。

リエからも飲むたびに忠告された。

「交通誘導員の死亡率って高いらしいよ。死んでもたいした補償金が出ないって話だし、わざわざやる仕事じゃないよ。セーノだったらフリーで広告企画の仕事とかもやれるんだから、もったいないって」

確かにフリーランスの企画屋という手もないではない。これでも広告代理店時代は若手期待の企画マンとして注目されていたこともあったから、当時の人脈を辿《たど》れば仕事の一つや二つ、もらえるかもしれない。

それでも、おれは夜バイトのほうを選んだ。フリーでちょこちょこ細かな仕事をもらっていたところで根本的な解決にはならないし、そんなことをするくらいなら、もともと会社は辞めていない。おれにはもっと違う何かができるはずだ。大家専業で生ける屍になりかけた頃から、そんな思いが募《つの》りはじめていた。その何かがわかるまでは夜バイトで汗を流していればいいじゃないか。結局、そう割り切ったのだった。

身の上話が長くなった。話を進めよう。

その晩、リエが待ち合わせ場所の『たたみ屋』に現われたのは、約束の時間を二十分ほどまわった頃だった。

たたみ屋といっても、和室用の畳を扱っている店ではない。おれの家からもリエの会社からも行きやすい恵比寿《えびす》駅から程近い居酒屋で、店内の床はすべて畳敷き。掘り炬燵《ごたつ》式の座卓に座って沖縄料理をつまみながら飲める上、おれ好みのジャズやファンク色の強い音楽を流している趣向が気に入って、このところ贔屓《ひいき》にしている。

「ごめん、出掛けにくだらない電話につかまっちゃって」

店に駆け込んできたリエがおれを見つけて声を上げた途端、店内の男たちの視線がリエに集まった。

黒いジャケットにグレーの綿シャツ、スカートもアクセサリーもグレー系という全身モノトーンの地味なファッションなのに、目鼻立ちのはっきりした細面《ほそおもて》の顔と手足がすっと伸びたスタイルのよさで、どこにいっても目立ってしまう。飲み友だちとして見慣れているはずのおれですら見惚《みと》れるときがあるほどだから、この店の男たちが浮き立つのも無理はない。あの女と待ち合わせたのはどんな男だ、と言わんばかりの面持《おもも》ちで、リエに向かって手を挙げたおれの顔を確認している。

だがおれとしては、リエと別れた夫の顔が見てみたいと思う。女としてはもちろん仕事人としても優秀な彼女と、どんなトラブルがあって別れたのか。リエが何も語ってくれないだけに気にかかるのだ。ひょっとして飲み友だちのおれには窺《うかが》い知れない何かが彼女にあるのか、という興味も含めて。

「今日は残波《ざんぱ》、ロックでね」

おれの前に座るなり、リエが泡盛《あわもり》を注文した。

リエは、とりあえずビールという飲み方はしない。まずは好きな泡盛、残波か瑞泉《ずいせん》をロックでくいくい呷《あお》って、喉をカッと熱くしたところで冷たいビールをチェイサーがわりに流し込み、また泡盛をくいくい。その合間にミミガーやらテビチやらをぱくぱく食べるのがいつものスタイルで、とにかくよく飲み、よく食べる。

ちなみにおれは泡盛なら久米仙《くめせん》をよく飲むが、リエのペースに合わせていたらまずこっちが潰《つぶ》れてしまうからペース配分にはいつも気を遣っている。

「で、何なの？　大事な話って」

最初の一杯をふた口で飲み干したリエが、おれの目を見据えて言った。

「付き合ってほしい」

簡潔に答えた。

「付き合う？」

リエはオウム返しすると、あはははと笑った。

「そういうのは抜きで飲もうって決めたじゃない。いまさらやだよ、セーノと愛だの恋だの結婚だのってのは」

「そうじゃなくて」

おれは苦笑いした。いまさらやだよ、にはちょっと傷ついたが、簡潔に言いすぎた。

「鉄道をつくろうと思っているんだ。それにリエも付き合ってほしい」

「テツドー？」

「太い二本のレールの上をがったんごっとん走る鉄道。あれをリエと一緒につくりたいんだ」

二重《ふたえ》の大きな目を真っ直ぐ見つめて言うと、リエがぷっと噴きだした。

「まただれかにお馬鹿な企画、頼まれたってことね。電博堂《でんぱくどう》のアダチさん？」

「いやそうじゃなくて」

「じゃ、大告社《だいこくしゃ》のマキムラさんだ。あの百歳アイドル以来のお馬鹿企画ってわけだ」

「だから違うんだ」

よくある持ち込み企画と勘違いしているらしい。

だが、そう思われても仕方がない。たとえばリエが言った百歳アイドルというのは、おれたちが協栄広告にいた頃に持ち込まれた企画で、

「少子高齢化時代において、十代のアイドル需要はもはや頭打ちです。いまこそ百歳以上の爺《じい》さん婆《ばあ》さんを集めて歌って踊れるモーニング娘。やジャニーズJr．みたいなアイドルグループをつくろうじゃないですか。毎回ステージに立つたびに、どのメンバーがくたばるかハラハラドキドキのスリルもあるし、一人逝《い》くたびに卒業コンサートを大々的にや

れるから、これ、おいしいビジネスになりますよ」

というものだった。

そんな馬鹿な話が持ち込まれるものか、と思うかもしれないが、儲かるものなら何でもありの広告代理店という妖怪会社には、本当にこうした企画がつぎつぎに持ち込まれる。

「鯨《くじら》の養殖をやろ思うとるんやけど協賛してもらえまへんか。養殖鯨なら仰山食《ぎょうさん》うても動物愛護団体かて文句言えへんさかい、こら儲かりまっせ」

「第一回『大相撲《おおずもう》協会vsプロ野球連盟』サッカー大会を企画しました。人気が低迷ぎみの大相撲とプロ野球にサッカー協会の肝《きも》いりでカツを入れようじゃないですか！」

「ついに発見しましたよ、幻《まぼろし》の石神井《しゃくじい》油田！　石神井公園の三宝寺《さんぽうじ》池の地下千三百メートルにサウジもロシアもびっくりの埋蔵量五百億バレルの巨大油田が眠っているんですから、一社一億ぐらいの投資金を集めるのはわけないでしょうが。まあ見ててください、五年後には練馬《ねりま》区のオイルマネーが世界を席巻《せっけん》しますから」

こんな眉唾《まゆつば》企画が山と持ち込まれる部署でおれとリエは働いていたわけで、またお馬鹿な企画がきた、と当時はよく笑い合っていたものだった。そのリエに向かって「鉄道をつくろう」なんていう話を持ちかけたところで本気にしてくれるわけがない。またか、と笑い飛ばされて当然の反応なのだった。

実際、このおれだって、吉野家で日野宮氏から言われたときには、あやうく噴きだしそ

うになった。それでも何とか表情だけは崩《くず》さずに、

「申し訳ありませんが、ぼくは広告代理店を辞めてしまいましたので、ご期待にそえる立場にないんですよ」

と丁重に断わった。

ところが日野宮氏は諦《あきら》めない。

「車でお宅までお送りしますから、もうちょっとだけ話を聞いていただけませんか」

そう言って吉野家のカウンターで粘《ねば》るものだから、仕方なく、吉野家から程近い靖国《やすくに》通りに停めてあった車で送ってもらうことになった。

車は黒塗りのリムジンだった。テレビや映画でしか見たことがないこんな高級車で送ってもらえるのかと驚いたが、仕事上がりで疲れていることだし、ま、いいか、という気持ちと、自宅の住所まで知られている相手を邪険《じゃけん》に扱って逆恨《さかうら》みされてもかなわない、という不安もあって結局は乗り込んだ。

この手の企画に入れ込む人間には根に持つタイプが多いことは協栄広告時代からわかっている。企画をボツにされた腹いせに待ち伏せして殴られたとか、自宅に毎夜、企画書片手にストーカーのごとく押しかけられて警察沙汰になった、といった話は掃《は》いて捨てるほどある。

リムジンに乗り込むと、すぐにシングルモルトのウイスキーを勧められた。革張りシー

トの脇にミニバーと冷蔵庫がついていて、日野宮氏は自分のぶんもグラスに注いでから穏《おだ》やかな口調で話しはじめた。

「唐突な話にさぞかし驚かれたことと思いますが、まずは先立つもの、お金の話からいたしましょう。鉄道建設ともなれば、それなりの資金がないことには何もはじまりませんから」

ひと呼吸置いて、よろしいですね、と確認するようにおれの目を覗《のぞ》き込んでから、

「四百億ほど用意してあります。つまり総額四百億円かけて、この東京のどこかに妹尾さんのプランニングによって鉄道を敷いていただきたいのです。といっても、事は鉄道建設です。いざプランが決まって実行に移すとなれば、国や自治体から許認可を得たり、建設会社と契約を交わしたり、リスクを伴う折衝《せっしょう》ごとがいろいろと発生することになります。しかし、そうした実務的な仕事は、すべてわたくしが請《う》け負《お》います。妹尾さんにはあくまでも、どんな鉄道をつくるか、というプランニングと、それを理想どおりに完成させるために監督管理する。そのことだけに専念していただきたいのです。むろん、妹尾さんご自身に対する報酬、妹尾さんが必要とされるスタッフの報酬、プランニング事務所を立ち上げて維持する経費もすべてご用意しますから、お金のことは気にかけることなく思う存分、腕をふるっていただけます」

おれは黙ってウイスキーグラスを握《にぎ》り締めていた。いきなり提示された四百億という途

方もない金額に頭がくらくらしてしまい、混乱していた。

そんなおれの様子に気づいているのかいないのか、しばらく反応を窺っていた日野宮氏は、ふと車窓に目をやった。

リムジンは靖国通りから新宿通りに入り、四谷見附《よつやみつけ》を右折して紀伊国坂《きのくにざか》を下り、赤坂見附《あかさかみつけ》の交差点に差し掛かろうとしていた。左手に弁慶堀《べんけいぼり》が見えてきた。ボートを浮かべたその堀端には赤坂プリンスがそびえ立っている。夏の陽を映したその銀色の高層ホテルをじっと見やりながら、日野宮氏は話を続けた。

「これは、わたくしにとって生涯をかけた夢なのです。この生涯の夢を妹尾さんの頭脳と行動力によって、ぜひ開花させていただきたいのです。ちなみに、鉄道開通までの期限は三年」

たった三年? と思った。それが態度にあらわれてしまったのかもしれない。

「ええ、確かに時間がないことは重々承知しております。正直に申し上げてしまいますが、三年で鉄道を敷くなんて、鉄道のプロであれば即刻、不可能だと言うでしょう。しかし、わたくしには時間がないのです。三年後には何としても鉄道開通のテープカットをしなければならないのです。そのためには、プロのノウハウや段取りを凌駕《りょうが》する斬新《ざんしん》な発想が必要です。だからこそ、妹尾さん、あなたの力が必要なのです。鉄道のプロには思いもよらないあなたの柔軟な発想で、ぜひともわたくしの夢を実現していただきたいのです」

日野宮氏は真剣だった。伊達《だて》や酔狂《すいきょう》でしゃべっているのではないことは、その真摯《しんし》な語り口からひしひしと伝わってきた。

「で、結局、引き受けちゃったってこと？」

リエが呆《あき》れた顔をしている。

「いや、まだ正式に返事はしていない。リエが付き合うと決意してくれたら引き受けようと思っている」

「やだよ、あたし、そんな決意なんかしないからすぐ断わっちゃってよ」

「だけど」

「セーノも焼きがまわったんじゃないの？　だから前にも言ったんだよ、フリーランスでもいいから企画の仕事をやったらって。夜の工事現場にばっか出てると、きっと感覚がズレてきちゃうんだよ。だからそんな嘘八百《うそ》の話を信じ込んじゃうんだよ」

「そうじゃなくて」

「とにかく、いいこと、この話には、いま思いついただけでも三つのハテナがあるわけ。まず一つめのハテナ、その日野宮っていう人物は何者？」

「念のためにネットで調べてみたんだけど、かなりの資産家らしい」

「二つめのハテナ、四百億もかけるプロジェクトに、なぜ初対面のセーノが抜擢《ばってき》されたわけ？」

「なぜかはわからない。ただ、彼はおれのことを非常によく知っていた。おれが協栄広告の企画マンだったことも、協栄広告を辞めるときに福間《ふくま》部長とごたついたことも、祖父《じい》ちゃんから相続したアパートの大家をやっていることも、三年前に付き合っていた彼女にふられたことも、大好きなギタリストがジョン・スコフィールドだってことも、とにかくおれのすべてを知り尽《つ》くした上で依頼してきたんだ」

「三つめのハテナは、どれほどの資産家か知らないけど、四百億なんていうお金がほんとにあるのかっていうこと」

「それは彼があると言うのだから信じるしかない」

「馬鹿なこと言わないで。そんなお金、あるわけないじゃない。その男が日野宮っていう資産家と同一人物かどうかもわからないのに、何でそんな話に引っかかるかな。その日野宮っていう男、これからしばらくは四百億プロジェクトの話で盛り上げてくるだろうけど、頃合いをみてこう言ってくるわよ。プロジェクトに先駆けて、とりあえず企画代表者の保証金として一千万円預けてくれ。いや、これはプロジェクトの開始と同時に返却されるお金だから、なんてことをね。で、能天気なセーノがアパートを担保《たんぽ》に借りた一千万円を振り込んだ瞬間、男はどこかに消えちゃうの。わかる？　こんなもの、日野宮っていう資産家を騙《かた》った詐欺《さぎ》にきまってるじゃない。若いくせに悠々自適のセーノに目をつけて、仕立てのいいスーツとリムジンをレンタルして、まんまと金を巻き上げてやろうっていう魂胆《こんたん》が見え見えだもの」

失笑を漏《も》らしながら三杯めの残波を飲み干すと、

「やっぱセーノは会社を辞めるべきじゃなかったのよ。あのとき福間部長が言ったことは正しかったのよ」

そう言い放つなり、はあ、と大仰にため息をつく。

福間部長は協栄広告企画局企業対策部の責任者で、おれが大家に専念すると言いだしたときに、絶対に辞めるな、と大反対した人だ。

「アパートなんてもんは専門の管理会社に任せときゃいい話じゃないか。企画マンとして若手ナンバーワンの妹尾くんが、なぜ管理会社もどきの仕事をしなきゃならんのだ。きみの人生はこれからなんだ。この会社でもっともっとスケールのでかい仕事をやってもらわなきゃならん逸材《いつざい》なんだよ。こんな辞表一枚で前途洋々たる人生まで辞めてどうするんだ」

いまにして思えば面映《おもは》ゆいほどの言葉を尽くして慰留《いりゅう》してくれた。

それでも、おれは大家の道を選んだ。なぜそうしたのか、と問われると、実は、いままでも合理的な答えを持ち合わせていない。

ただ、ひとつ言えるのは、相続の際に苦労したことが影響しているのかもしれない。なにしろ古びたアパートとはいえ場所は都心の港区。課せられた相続税は一介の若手サラリーマンに支払える額ではなく、仕方なく、断腸の思いで裏庭を切り売りしてまかなった。

手放した裏庭には、かつて祖父が大切に手入れしていた庭木や花壇があった。そこは幼い頃のおれの毎日の遊び場でもあり、欅《けやき》の木に登ったり、祖父の手伝いで菊の花に水をやったり、高価な黒松の盆栽《ぼんさい》鉢を引っくり返して叱《しか》られたりしたものだった。

そんな思い出が詰まった裏庭に、売却した翌日にはブルドーザーを積み込んだ建設業者のトラックがやってきて、いきなり欅の木を切り倒した。祖父の死後もかろうじて生き長らえていた花壇の草花もすべて引き抜かれて平らにならされた。

それからは瞬《また》く間だった。アスファルトが敷きつめられ、車止めが取りつけられ、仕切りラインが引かれ、精算機が設置され、一週間としないうちに二十四時間営業のコインパーキング場になってしまった。

あのときの切なさはいまも忘れられない。そして、あの切なさが、おれが大家の道を選んだ大きな要因になった気がする。

いまにして思えば福間部長やリエが言ってくれたこともよくわかる。福間部長が単なる管理職の責務だけで引き止めていたのではないことも十分に理解できる。それでも、いまもう一度、あのときと同じ岐路《きろ》に立たされたとすれば、やはりおれは同じ道を選んだと思う。あのときの選択は間違っていなかったと確信をもって思う。

「ねえセーノ、ちゃんと聞いてる？」

リエの声で我に返った。ふと自分の世界に入ってしまったおれは、うん、と答えてから久米仙のロックを口にした。

「とにかくセーノは、どうかしてる。この話には、おいしい夢物語以外には何ひとつ確かなものがないじゃない。こんな馬鹿げた話に踊らされてどうすんのよ」

リエは説教モードに入っていた。こうなるとリエは止まらなくなる。

そろそろ反論のタイミングかもしれない。おれは座卓の上のグラスや皿を脇にどけると、両肘《ひじ》をついて身を乗りだした。

「リエの言いたいことはよくわかる。おれも最初は同じことを思ったし、眉に唾もつけてみた。ただ、日野宮さんの話を聞いているうちに、おれはおれなりに三つの確かなものを感じとった」

リエの目を正面から見た。

「一つめは、いまリエも言った夢物語だ。いまどきこんなにすごい夢物語に立ち会えることはまずないし、おれにとっては大きなチャンスだと思う。煮詰まった現状を打開する起爆剤になるはずだ。二つめは、日野宮さんという人物の魅力だ。ネットで顔写真も確認したから本人に間違いないのはもちろんだけど、それ以上に、たった一度会って話しただけなのに、おれは彼の人柄に惹《ひ》かれた。あの超然とした態度と物腰は、ただものではないと思う」

「だから何度も言ってるじゃない、そのもっともらしさが詐欺師の手口なんだって。顔が似てるのだって、顔が似てる資産家を見つけて成りすましてるにきまってる」

「まあ待ってくれ。まだ三つめを言っていない」

おれはリエを制すると、ジャケットの内ポケットから一枚の紙片をとりだして座卓の上に置いた。

「これが三つめの確かなものだ」

リエが訝《いぶか》しげに紙片を見ている。そして、ようやく紙片が何なのか理解したらしく、小切手？　と呟《つぶや》いた。

「当座の活動資金として日野宮さんから預けられた。ゼロが八つついているから額面は一億円。銀行に勤めている友だちに確認してもらったら、正真正銘、何の問題もなく即座に一億円の現金に引き換えてもらえる小切手だそうだ」

リエの唇《くちびる》がきゅっと引き締まった。おれは小切手をリエのほうに押しやった。

手にとってみていい？　とリエが目で聞いてきた。もちろん、とおれも目顔でうなずくと、リエはその長くて白い指で小切手をとりあげ、しげしげと見つめてから言った。

「一億円だなんて、信じらんない」

2

鉄道をつくろう。

スタッフ若干名求む。

期間・三年。

報酬・有り。

資格・人間。

新聞の首都圏《しゅとけん》版にこんな求人広告が載ったのは、それから二週間後のことだった。求人欄《らん》の一画の縦四センチ×横二センチほどのスペースに、必要最小限の情報とオフィスの住所と電話番号を載せただけのそれはもうシンプルな求人広告だった。

「こんな小っちゃい求人広告なんかだれも見やしないって。やっぱ、いまからでもネットでどーんと流したほうが絶対にくるよ。何でネットじゃだめなわけ？」

リエがばさばさと新聞をたたむと、おれに投げつけてきた。

三日前に入居したばかりの恵比寿のオフィスにいる。たたみ屋の近くなら飲むときも便利だからとリエが勝手に契約してきてしまったオフィスだ。

たたみ屋が入っている雑居ビルの斜向《はす》かいに建ったばかりの真新しい貸しビルの十階。二百八十平方メートルもあるワンフロアをそっくり借りてしまったからおそろしく広い。その一画にデスク五つと打ち合わせ用テーブルと接客用の応接セットがぽんぽんと置かれているのだが、フロアが広すぎてやけにがらんとしている。

おれが初めてここを見たのは三日前の入居当日だった。まさかここまで豪勢な物件だとは思わなかったものだから仰天《ぎょうてん》して、

「こりゃでかすぎるよ。いまからでもキャンセルできないの？」

と文句をつけたものだから、それからずっとリエはご機嫌ななめのままでいる。

このプロジェクトのメインスタッフは、おれとリエを入れて最大五人と決めている。少数精鋭でテキパキ企画を進めるためには総員五人が適正規模と考えたからだ。もちろん、プロジェクトを実行に移すときには人手が必要な仕事も出てくるだろうが、そのときには外注すればいい、と割り切った。だからオフィスもそれなりの広さがあれば十分だったのだが、その点がリエの考えと大きく食い違っていたのだった。

残り三人のメンバーの集め方についても、おれとリエの考えは違っていた。リエはネットで募集しようと言ったが、おれはネットで集まってくる人間ではだめだと思った。

ネットで集まるのは圧倒的に鉄道マニアだと想像がついたからだ。あとは冷やかしかネットで悪さをするのが生きがいの愉快犯が大半だろうと踏《ふ》んだのだ。

「だけど、鉄道マニアのどこが悪いの？」

リエがまた突っかかってきた。

「だからそれはこの前も説明したけど、鉄道のプロでない人間に企画してもらいたいっていうのが日野宮さんのオーダーだからさ。鉄道マニアはセミプロのようなもんじゃないか」

「それはそうだけど、鉄道をつくるためには鉄道のプロだってセミプロだってアドバイザーとして必要だと思うの。最終的には素人《しろうと》のセーノが判断するわけだから、日野宮さんのオーダーにはかなってると思うし」

「屁理屈《へりくつ》だよ。とにかくマニアはいらない。おれは、おれたちとはまったく毛色の違う人間がほしいんだ。だから協栄広告時代のツテとか友だち関係にも声をかけなかったわけだし、おれにはおれの考えがあるんだよっ」

つい語気を強めた途端、

「あたしにもあたしの考えがあるっ」

リエが頰《ほお》をふくらませて立ち上がった。

「いまどき新聞の求人欄なんか見てるのはリストラおやじぐらいしかいないんだから、確かに毛色の違う人間がくるかもねっ！　リストラ救済プロジェクトにはなるかもねっ！」

最後はそう言い捨てると、ぷいっと事務所を出ていってしまった。

先が思いやられると思った。

協栄広告時代もそうだったのだが、リエは仕事のこととなると意地になる。女の自分が軽く見られていると思って腹を立てたり反発したりすることも多く、その意味では面倒な女なのだ。

それでも、このプロジェクトにリエは欠かせない。こうと決めたら一途《いちず》に突っ走る彼女の行動力とパワーには目を見張るものがあるからだ。実際、たった二週間で求人広告を出したりオフィスを開設したりといった早業《はやわざ》は、リエがいたからこそできたことだ。

話を二週間前に戻そう。

小切手を見せた翌日の夜、おれはリエを日野宮氏に引き合わせた。日野宮氏に教わった携帯番号に電話したところ、すぐに日比谷《ひびや》のシティホテルのフレンチレストランを指定された。

驚いたことに日野宮氏はリエのことを知っていた。おれの交友関係はとっくに調査済みだったらしく、リエの顔を見るなり、木之元理恵さんですね、とフルネームで呼びかけて握手を求めた。

「妹尾さんは必ずや、このすてきな女性をプロジェクトのパートナーに選ばれると確信しておりました。理恵さんのような才媛《さいえん》に参加していただければ、このプロジェクトの成功は約束されたようなものです」

そう言って微笑むと、シャンパンを抜いてリエを歓待してくれた。

それからは終始、日野宮氏のペースになった。つぎつぎに饗《きょう》される贅《ぜい》を尽くした料理に舌鼓《したつづみ》を打ちながら、日野宮氏は懇々《こんこん》と、まだ迷いのあるリエに心の内を語ってきかせた。

「おたがい、利用し合おうじゃありませんか。わたくしは夢を実現してくれるブレーンがほしい。あなた方はスケールの大きい仕事にチャレンジしてみたい。その意味で、わたくしたちはフィフティ・フィフティの関係です。この出会いを信じて、思う存分、利用し合おうじゃないですか。ひょっとして、わたくしが何かたくらんでいるとお思いですか？しかし考えてもみてください、わたくしには損をすることはあっても得することはいまのところ何もありません。失礼な仮定になりますが、もし妹尾さんにお渡しした小切手を持ち逃げされたとしても、わたくしは口約束だけで契約書すら交わしていないわけですから、とても弱い立場にあります。それでも、わたくしは妹尾さんを信じてわたくしの夢を託《たく》しました。そして、ありがたいことに妹尾さんもわたくしを信じて、理恵さんを連れてきてくださった。これはもう是が非でも理恵さんに参加していただかないことには、このプロジェクトの成功はありえないと思うのです」

日野宮氏の穏やかな語り口に、リエの頰がしだいに紅潮《こうちょう》していくのがわかった。そして最後にリエが、

「四百億円というお金は、やましいお金ではないですよね」

と果敢《かかん》にも確認したとき、

「けっして汚れたお金ではありません」

日野宮氏が即答したことでリエの心は決まったようだった。

日野宮氏に会うまでは、一億円の小切手まで見せたにもかかわらず、

「話を聞くだけだからね、やると決めたわけじゃないからね」

と予防線を張っていたリエが、デザートを食べ終える頃には、

「さあ、忙しくなるわよ」

自分に気合を入れるまでになっていた。

「これも詐欺師の手口かもしれないぜ。豪華個室のフレンチなんて出来すぎのお膳立《ぜんだ》てだし」

おれがからかい半分に言うと、リエは聞こえないふりをして、

「そうだ、まずは明日、会社を辞めなくちゃ」

と言いだした。

「明日は急だろう。転職してまだ一年くらいしか経ってないのに」

「いまさら急も何もないわよ。いまから三年、とにかく時間がないんだから、二足のわらじなんて履いてらんない。背水《はいすい》の陣《じん》でやらなくちゃ」

言いだしたらきかないリエだ。その言葉どおり翌日には会社に辞表を提出。その足で恵比寿の不動産屋を駆けめぐっていたかと思うと、三日としないうちにオフィスを見つけて契約してきてしまった。

ちなみに、おれとしては、当面は鮫島町のアパートの二〇三号室をオフィスにすればいいと思っていた。たまたま来月、そこの住人が引っ越して空き室になることが決まっていたからだ。ところがリエに言わせれば、

「そんな貧乏ったらしいオフィスじゃだめだよ、学生が夏休みの共同研究をやるんじゃないんだから。こういうオフィスにはハッタリがなきゃだめなの。どんな大会社のお偉いさんが来ないともかぎらないんだし」

ということらしく、来客用の応接セットや壁に掛けられた絵画も、おれたちには分不相《ぶんふそう》応《おう》な見るからに高額そうなものが選ばれていた。

それからもリエの行動力はとどまるところを知らなかった。一週間後のオフィスへの入居日には、すでにデスクや戸棚類はもちろん電話機、パソコン、コピー機、ファクスなどのOA機器から帳簿、ファイル、ゴム印、ホチキス、ボールペンといった小物類に至るまで、およそオフィスと名がつくところで必要とされる備品が細大漏らさず揃えられてい

た。

法人設立の手続きも着々と進められていった。

まずは彼女の友人知人に声をかけまくり、税理士、司法書士、弁護士を見つけてきて顧問契約を結ぶなり、社名を決めろ、定款《ていかん》をつくれ、法務局に行け、印鑑証明をとってこい、とつぎつぎに指示が飛んできた。言われたとおり社名を考えたり定款をつくったりしていたら、いつのまにやら『鉄路プランニング』という株式会社が設立され、おれは代表取締役社長、リエは専務取締役に就任していた。

二本の太い鉄路のイラストがあしらわれたロゴマークもつくられた。ロゴマーク入りの表札や社封筒、社便箋《びんせん》、名刺も納入されて、気がついたときには毎朝十時にヤクルトレディがジョアを売りにきて、昼には玉子《たまご》屋が日替わり弁当を配達してきて、ニッセイのおばちゃんも保険の勧誘に顔を見せるまでになって、どこから見ても文句のつけようのない「会社」が出来上がっていた。

ここまで準備が整えば、あとは優秀なスタッフさえ集まれば鉄路プランニング、略して『鉄プラ』は順風満帆《じゅんぷうまんぱん》の船出、のはずだった。ところが、結果から先に言ってしまえば、肝心《かんじん》の求人作戦は大失敗だった。

リエは当初、「リストラおやじしか応募してこない」と予想していたが、それは半分だけ正解で、実際には「鉄道マニアのリストラおやじ」ばかりが応募してきたのだ。

求人広告が載った当日は、朝八時からオフィスで待機していたのだが、電話が鳴りだしたのはリエが腹を立ててオフィスを出ていってしまった午前九時頃から。それからはひっきりなしに電話が鳴るものだから、とても一人では対応しきれなくなって、リエに携帯電話をかけて謝り倒してオフィスに戻ってもらい、あとは一日中、二人で電話と格闘した。おまけに午後になるとアポなしで直接オフィスに押しかけてくるおやじまで現われたものだから、その対応にも追われるはめになって往生したものだった。

それにしても、ひと口に鉄道マニアといっても、いざ接してみるとさまざまなタイプがいることに驚いた。

もっとも多かったのが鉄道の車両を研究している人。

「私は常総《じょうそう》線の車両を研究しておりましてね。茨城《いばらき》県の取手《とりで》駅と下館《しもだて》駅を結んでいる路線なんですが、実は、いまだ電化されていないために車両はすべてディーゼル式の気動車なんですよ。現在の主流はキハ２１００形や２３００形なんですが、私はやはりキハ０形が好きでしてねえ。旧国鉄時代のキハ２０系を新潟鐵工《にいがたてっこう》が新製した車で、あのディーゼル音がたまらないんですよ。ガルルンガルルンガルルンと胸の奥底に染み入ってくる響きにノックアウトされちゃいまして」

といった話を一日中でも続けられる人たちで、別名「車両鉄」と呼ぶらしい。

鉄道写真を撮《と》るのが大好きな「撮り鉄」という人たちもいる。

「撮り鉄といっても、私の場合はハイカイの追っかけ専門でしてね。いえいえ、徘徊《はいかい》老人を追っかけるんじゃなくて廃車回送を略して廃回。廃車が決まった車両が解体工場に回送される道中をずーっと追いかけて撮影するわけです。一番思い出に残っているのは、やはり私が毎日通勤に使っていた東急目蒲線《とうきゅうめかま》の7209Fが廃回されたときですね。忘れもしません、平成十年八月三日。デハ7206・デハ7208・デハ7302・クハ7508の編成で長津田《ながつた》まで廃回されたんですが、いやあのときは涙でファインダーが滲《にじ》んでしまってピンボケ写真が続出でした」

鉄道関係のコレクションに血道を上げる「蒐集鉄《しゅうしゅう》」という人たちもいた。

「私、すごいの持ってますよ。昭和四十五年二月二十四日発行の大阪市交通局地下鉄御堂《みどう》筋《すじ》線・新大阪—江坂《えさか》間の開通記念切符。大阪万博協賛のエキスポ赤マーク入りで、しかも皺《しわ》なしの未使用券ですからね。当時の価格は六十円でしたが、まず三万円以下では譲れません」

もちろんおれは六十円以下でも買わないが、ほかに鉄道車両の部品や駅スタンプの蒐集に励んでいる人たちもいるらしい。

変わったところでは時刻表のトリックをはじめとする鉄道関連のミステリーを追求している人たちもいた。

「東京の八王子《はちおうじ》と群馬《ぐんま》の高崎《たかさき》を結んでいる八高《はちこう》線ってありますよね。あの路線はとても不思議な路線で、東福生《ひがしふっさ》と箱根《はこね》ケ崎《さき》の間は米軍横田《よこた》基地の敷地内を通っているんです。となると、その区間は日本なのかアメリカなのかという問題が発生しますよね。つまり、もし仮にその区間を通過中に車両故障で立ち往生して車内で殺人事件が起きたとすると、犯人はどちらの国の法律で裁かれるのか。電車内は日本国内だと判断した場合でも、では犯人が電車から飛び降りて米軍基地内に逃走したらどうなるのか。こうなると国際問題にまで発展するんじゃないかと思うわけですよ」

この人は鉄道づくりよりもミステリー作家になったほうがよさそうだと思うのだが、「鉄道をつくろう」という言葉にはおれが考えた以上の吸引力があるらしく、こんな人までが熱心に電話してくるのだった。

挙《あ》げ句《く》には本当に鉄道をつくっている人までやってきた。

本物と同じように石炭を焚《た》いて走る縮小サイズの蒸気機関車、ライブスチームをつくって走らせているおじさんだった。仲間と二人がかりでやけに大きな荷物を運んできたかと思うと、二年がかりで完成させたC62という昭和二十五年から昭和四十二年まで東海道《とうかいどう》本線のブルートレインを牽引《けんいん》していた蒸気機関車をとりだした。

それだけならまだしも、おれが制止するのも聞かずに、動かしてみせる、と言いだして石炭を焚きはじめたからたまらない。煙突《えんとつ》から噴き上がった煙で火災報知機が作動するわ消防車が飛んでくるわの騒ぎになって、消防署とビル管理会社から大目玉を食らうはめになった。

鉄道マニアに加えて怪しげな電話もかかってきた。

もっとも多かったのが、

「社長様には格好の投資物件がございましてね」

といった投資話。つぎに多かったのが、これはリエが電話をとったときにかぎるのだが、荒い息をつきながら、

「お姉さんのパンツの色、教えて」

と迫ってくる古典的ないたずら電話。さらには、おれとリエの古巣、協栄広告の若い営業マンから、

「ユニークなビジネスをはじめられたようですが、一度、ご挨拶に伺いたいと存じまして」

というセールス電話までかかってきた。もちろん、彼はおれたちが協栄広告のOBだとは知らずにかけてきたのだが、さすが目新しいものにはすぐに飛びつく協栄広告、とリエと二人で笑ってしまった。

いずれにしても、求人広告が出てから五日間ほどは、こうした電話やアポなしで押しかけてくる応募者の応対をしているうちに慌《あわ》ただしく過ぎた。だが、世の中にはいかに変わった人間が多いかという実情はわかったものの、まともに面接したくなる人物は一人とし

て現われなかった。といって、リエが言うようにネットで募集すれば別の展開になるかといえば、それも違うと思った。ネットなんかで呼びかけたが最後、新聞の求人広告にも増して迷惑な応募者が大挙して押しかけてくるのは目に見えている。

「やっぱ友人知人のツテに頼るしかないのかなあ」

おれはため息をついた。毛色の違う人間がほしい、という意気込みもどこへやら、さすがに弱気になってきた。

徳《とく》さんから電話がかかってきたのはそんな頃だった。求人広告が出て六日めの午前九時ちょうどに呼び出し音が鳴った。

「徳武重雄《とくたけしげお》、五十八歳です」

やすりをかけたようなガサついた声で名乗られた瞬間、まただめだ、と思った。大方、定年後の趣味を見つけようと電話してきたクチに違いない。早々に断わってしまおう、とタイミングをはかっていると、

「私は昔、国鉄に勤めておりましてね。そこで長いことスジ屋をやっておったんですわ」

「国鉄で鮨屋《すし》をやっていたと」

「いやいや、ダイヤを扱う仕事です」

「鮨屋で宝石を売っていたと？」

「いや、そうではなくてですね、民営化されてＪＲになる前の日本国有鉄道、わかります

よね。あそこの鉄道運行統合司令室というところで列車の運行ダイヤを決める仕事をやっておったんですよ」

鉄道のプロだったというのだ。

三日前までのおれだったら、即座に断わっていたと思う。ところが、連日にわたってへんてこな電話の相手ばかりさせられてきた反動なのか、国鉄、スジ屋、という二つの言葉がやけに新鮮に響いた。

「鉄道のプロだってセミプロだってアドバイザーとして必要だと思うの」

ついこのあいだリエから言われたことも思い出して、

「とりあえず、オフィスまでご足労願えないでしょうか」

思わずそう告げていた。この六日間で初めて口にしたセリフだった。

電話があってから三時間後、徳さんがのっそりとオフィスに姿を現わした。

袖口《そでぐち》が伸びきったポロシャツに膝《ひざ》が抜けたゴルフズボン。ぷっくりとふくれた肉まん顔を綻《ほころ》ばせて、どうもどうもと汗を拭《ふ》きながら頭を下げると応接ソファにどすんと腰をおろした。

「いやすばらしいオフィスですねえ。実は女房が、この求人広告、怪しくないかい？　って言うもんですから、ちょっと心配しとったんですが、こんな立派な会社だとは思いませんでした」

わははと豪快に笑うと、

「ほんとに鉄道をつくるつもりなんですよね？」

念押しするように聞く。

不思議と嫌な気はしなかった。その無邪気な語り口とクシャクシャの笑顔が功を奏してか、逆に正直な人だと思った。

とりあえずおれのほうから今回のプロジェクトの概略《がいりゃく》を話した。といっても、いまのところは、ある人の出資で鉄道をつくるプロジェクトだとしか言いようがないのだが、すくなくとも出資を募って持ち逃げするような詐欺話ではないので安心してほしい、と言い添えた。

すると徳さんは角が擦《す》り切れた革鞄《かばん》の中から三角定規をとりだした。

「この三角定規はスジ屋の必需品でしてね。国鉄時代、スジ屋を拝命してから十七年間、ずっとこれを愛用しとりました」

スジ屋というのは列車の運行ダイヤ、正式にはダイヤグラムという列車運行図表をつくる専門職員のことで、徳さんが国鉄マンだった当時、全国の支社を合わせても二百人ほどしかいなかったスペシャリストだという。

新聞紙より一回り大きいサイズのダイヤ用の方眼紙を使って、縦軸の駅名、横軸の二分刻みの時間を数百本もの斜線で結んで運行ダイヤを決めていく。つまりスジを引くのが仕事だからスジ屋というわけだ。

「もちろん、いまはみんなコンピュータで引いてるんですが、私の現役当時は手作業で引くほうが多かったんですよね。だからこの三角定規、目盛りがふつうのと違うでしょう。剝《は》げかかって見えにくいかもしれませんけど、ひと目盛りが二分なんですよ。こいつを使って、どの列車が何時何分にどの路線のどの駅に発着するかを考えてスジを引いていくんですけど、これが一筋縄《ひとすじなわ》ではいかんのですわ」

たとえば東海道線の在来線を例にとれば、全十二路線、総延長にして七百十三・六キロもある線路の上を一日約二千本もの列車が走っている。このすべての列車が衝突することなく運行できるように各駅の発着時刻はもちろん、何番線に入れるか、他路線との乗り継ぎは良いか、いつ車両基地で整備させるか、といった多彩な要素を勘案《かんあん》した上で一本一本のスジを決めていかなければならない。

「しかも、走っている列車は各駅停車ばかりじゃありませんからね。各駅停車の合間を縫《ぬ》って特急だの快速だの貨物列車だの臨時列車だの、ときには御召《おめし》列車なんていう畏《おそ》れ多い列車も走らせなきゃならない。おまけに人身事故が起きたり信号機故障が起きたりすれば、すかさず暫定《ざんてい》ダイヤを引かなきゃならない。そんな中で線を一本引き間違えただけで大事故ですから、スジ屋というのはとにかく気が抜けない仕事なんですわ。こんな話、聞いてるだけで頭痛くなっちゃうでしょう？」

わっはっはと笑うと、徳さんは、煙草《たばこ》吸ってもいいですかね、と確認してからハイライトを一服つけた。

なるほど大変な仕事だと思った。スジ屋などという職業は初めて聞いたが、聞けば聞くほど大変な責任を背負っている仕事だった。

「確かに責任は重大ですわ。スジ屋がスジを引かないことには、新幹線だろうが山手線《やまのて》だろうが一本の列車を一センチたりとも動かせないわけですからね。だから当時は、自慢じゃないですが、東大出のキャリア組の連中に対抗して、スジ屋は『陰のエリート』って呼ばれてたもんですわ」

「まさに鉄道のプロ中のプロだったわけですね」

おれが感心して言うと、隣にいるリエが口を挟んできた。

「だから言ったじゃない、メンバーにはプロも必要だって。このプロジェクトには徳武さんのような経験者のアドバイスが欠かせないの」

まったく余計なことを言ってくれる。そんなことは面談の場で言うことじゃないだろう、とリエを目で牽制《けんせい》しながら徳さんの履歴書を手にして話題を変えた。

「ちなみに、もう現役は退《しりぞ》いてらっしゃるわけですよね」

徳さんが吸いかけのハイライトを灰皿に押しつけながら大きくうなずいた。

「国鉄が民営化されて八年後でしたか、まだ定年まで何年もあったんですが、考えるところがあって辞めました。それからは女房と二人、立川《たちかわ》の自宅を改装して弁当屋をやっとります」

「もし正式にこのプロジェクトに参加されることになった場合、お弁当屋さんはどうされます？」

「女房と息子の嫁に頑張ってもらいますわ。いまも忙しいときには嫁が手伝ってくれているんで、女房と力を合わせれば何とか切り盛りできそうですから」

「でも、そこまでしてなぜこのプロジェクトに？」

率直に質《ただ》した。徳さんは首筋を掻きながら、

「鉄道が好きだからですわ」

照れくさそうに答えた。

六日前におれたちの求人広告を見つけたときも、「鉄道をつくろう」というストレートなメッセージにただならぬものを感じて元国鉄マンの血が騒いだ。そこでこの五日間、奥さんたちを説得して、もし本当にちゃんとした計画だったら参加してもいい、という承《しょう》諾《だく》を得た上で、今日、電話をかけてきたのだという。

これには驚いた。あの小さな求人広告を見ただけで、そこまでの覚悟をもってきてくれたとは思わなかった。と同時に、そこまでの覚悟を背負ってこられると逆に荷が重すぎる

気がした。おれもリエも二十代の独身だ。若い一時期のパワーをぶつけるものがほしくてはじめただけで、徳さんのように責任を負うべき家族がいるわけではない。

おれは慎重に言葉を選びながら言った。

「わざわざご足労いただきながら、こういうことを申し上げるのは心苦しいのですが、いま計画している鉄道は、徳武さんのようなエリートだった方に、そこまでの覚悟をもって取り組んでいただくような規模ではないんです」

「といいますと？」

徳さんが小首をかしげた。

「この計画の予算についてはまだ申し上げていませんでしたが、実は四百億しかありません。これでおわかりですよね。この予算規模からすると、せいぜい四、五キロ程度のミニ鉄道が敷ければ御《おん》の字なのです。したがって高度なダイヤ編成技術が生かせる場は」

そこまで言いかけたとき、

「たった四、五キロの鉄道なの？」

リエにも意外な話だったらしい。それも当然だった。日野宮氏と会って以来、法人の設立やらオフィスの立ち上げやらでバタバタしていたリエとは具体的な鉄道の話はほとんどしていない。その間、おれは一人こつこつと下調べをしていたのだが、最初は巨額だと思っていた四百億という予算が、鉄道建設にとってはさほどの金額ではないことがわかってきた。

「たとえば東京の郊外に鉄道を敷こうとした場合、一キロ当たりまず八十億から百億はかかると言われてるんだ」

「一キロ百億！」

リエが目を剝《む》いた。

「それでもまだ安いほうでさ、いま計画が進んでいるリニア中央新幹線なんか、東京―名《な》古屋《ごや》間・二百九十キロで五兆円だから一キロ当たり百七十二億円。もっとすごいのは地上に線路が敷けない都心部の地下鉄で、一キロ二百億円。都心で一番深い地中を掘って通した都営大江戸《おおえど》線なんか一キロ三百億円もかかったそうだ」

「四百億円じゃ一キロちょっとしか敷けないわね」

「したがって、まず地下鉄は無理。地上に敷くにしても四百億円だと四キロ。コストを目一杯カットして一キロ八十億でやったとしても五キロがせいぜいだから、山手線にしたら東京駅から日暮里《にっぽり》駅まで、たった七駅ぶんしか敷けない」

「鉄道建設ってケタが違うのね。あたし、さすがにリニアとか新幹線とかまでは思ってなかったけど、井《い》の頭《かしら》線の一本ぐらいは敷けると思ってた」

リエが嘆息《たんそく》した。

ちなみに京王《けいおう》電鉄の井の頭線は、渋谷と吉祥寺《きちじょうじ》を結んでいる都内では比較的短い路線だが、それでも十二・七キロある。これを調べたときは、おれもリエと同程度の認識しかなかったから、井の頭線も敷けないのか、とがっかりしたものだった。

結局、一億二億ならまだしも、いきなり四百億もの大金を持ち出されたものだから、おれたちはその価値を推《お》し量《はか》る物差しを持ち合わせていなかった。それだけに、その価値を具体的に把握《はあく》したことで、これは考えていた以上の難題を引き受けてしまったのだな、といささか気が重くなったものだった。

「そういうわけですので、徳武さん」

改めて徳さんに向きなおった。

「この程度のミニ鉄道では、徳武さんの高度なダイヤ編成技術が生かせる場はまずないと思いますし、わざわざ大切なご家族を犠牲にしてまで参加していただくのは心苦しく思います」

やんわりと辞退してくれるように促《うなが》した。ところが、徳さんは再び顔を綻ばせると、

「四、五キロのミニ鉄道、素晴らしいじゃないですか。私はそういう鉄道をやりたかったんです」

にっこりした。

「国鉄やJRのような大きな鉄道組織の中で働いていると、何をやるにも分業分業じゃないですか。それはそれでもちろん楽しさがあるんですが、この歳になってみると、もう一

度鉄道の原点に戻ってみたいと思うんですわ。小さくても鉄道本来の姿が実感できる鉄道というか、鉄道本来の喜びが味わえる鉄道というか、自分の手と足と目がちゃんと全体に行き届く鉄道がやりたいんですわ」

わかりますか？　とおれの目を覗き込む。なるほど、そういう気持ちもわからないではなかったが、わざと首をひねってみせた。

「では蕎麦《そば》にたとえましょうか。私は大の蕎麦好きなんですが、でっかい製麺《せいめん》所の製麺機でおいしい蕎麦を大量に打てるように努力するのが楽しい時代もありますよ。しかし、いまの私は自分の目で選んだ蕎麦の実を使って、自分の力で粉《こな》に挽《ひ》いて、自分の手でこねてのばして切った蕎麦を食べたいんですわ。言ってみれば、自家製麺のような自家製鉄道をつくりたいんですわ」

おれは黙っていた。

「スジ屋というのは、最初っからスジ屋になれるわけじゃないんです。高校を卒業して駅員からはじめて、車掌登用試験に受かって車掌になって、運転士登用試験と国家試験に受かって運転士になって、十年めにしてようやくスジ屋になれる。早い話が私は、鉄道を粉から挽いてこねてのばして切るところまでひと通りできるわけで、それを改めて一から全部やってみたいんですわ。どうか私に鉄道の仕事をやらせてください。私をぜひとも仲間に加えてください」

最後は深々と頭を下げた。

徳さんを正式にプロジェクトのメンバーに迎え入れたのは、それから十日後のことだった。

徳さんの人柄も経験も心意気も、このプロジェクトに欠かせないことは一度の面談でよくわかった。しかし、おれは即決しなかった。

「あんな得体の知れない求人広告であそこまで腹を括《くく》ってきてくれたんだから、明日からでも来てもらえばいいじゃない」

リエは不満そうだった。徳さんほどの人にあそこまで言わせておきながら決断できないおれの判断能力を疑う、とまで言われた。

それでもおれは念のため、興信所に依頼して徳さんの身上調査をやってもらってから正式決定することにした。なにしろ四百億の金を動かすプロジェクトの主要メンバーになってもらうのだ。慎重を期するに越したことはない。

「気持ちはわからないじゃないけど、日野宮さんは潔《いさぎよ》かったと思う。セーノのときもあたしのときも即断即決だったじゃない」

「日野宮さんだっておれたちのことを事前に興信所を使って調べたにきまってるだろう」

「それにしたって、初対面でポンと一億円の小切手を託しちゃうなんて、なかなかできるもんじゃないわよ。セーノだってプロジェクトリーダーになったんだから、そのくらいの度量を見せなくちゃ」

余計なお世話だ、と思ったが黙っていた。飲み友だちとしてのリエとはあんなに肌が合うのに、小学校の学級委員みたいな物言いをするリエはどうも苦手だ。クライアントとプロジェクトリーダーでは立場が違うのだ。プロジェクトリーダーだからこそ慎重を期さなければならないときだってあるのだ。

結果的には徳さんが語ったことはすべて事実だったし、信用性・社会性・風評まで含めた身上調査の全項目において「問題なし」だった。そして、そこまでちゃんと調べたからこそ自信を持って主要メンバーに加えることができたのだから、この十日間は無駄ではなかった。

「どっちにしても残りはあと二人ってわけね。もう電話も鳴らなくなっちゃったし、また新聞で募集かけるつもり?」

リエが泡盛のグラスの氷をカラカラ鳴らしながら言った。徳さんに採用決定を電話で伝えたところで、二人でたたみ屋に飲みにきた。

天井に吊《つ》ってあるスピーカーからはマイク・スターンがマイケル・ブレッカー・バンドでプレイしている『オリジナル・レイズ』が流れていた。ごりごりにディストーションをきかせて弾《はじ》ける流麗なソロに耳をそばだてながら、リエの問いに答えた。

「いや、もう公募はしない。中枢《ちゅうすう》になるメンバーはこの三人で十分だから、あとは機転を利かせてパパッと行動できる男子と、よく気がつく女子を一人ずつ、おれとリエのツテで引っ張ってくればいいと思う。日野宮さんにプロジェクト計画をプレゼンする日までもう四か月を切っちゃってることだし、さっそく仕事にかからないと尻に火がつく」

「だけど、ひとつわからないんだけど、何で三年なんだろ」

　座卓に頬杖をつきながらリエが言った。

「クライアントにはクライアントの事情があるんだ。こっちは与えられた条件の中で頑張るしかないだろう」

「それはそうだけど、ますます興味が湧《わ》いてきちゃうな、日野宮さんの事情。それも興信所に調査してもらったら？」

「それはやっちゃだめだ。日野宮さんだって折を見て話すって言ってくれてるんだし」

　慌ててたしなめるとリエが苦笑した。

「セーノって、そういうところは生真面目なんだよね。あたしをものにするチャンスだっていっぱいあったのに一度も手を出してこないし」

「それとこれとは別だろう」

　唐突にからかわれて動揺していると、

「男はプロポーズの前に押し倒さなくちゃ」

冗談とも本気ともつかない口ぶりで言いながら、挑発するように座卓の下でおれの足をちょんちょんと突ついてきた。いつのまにか、小学校の学級委員のリエから飲み友だちのリエに変わっている。

「とにかく、あと四か月もないんだ。全速力で突っ走るつもりだから、リエも腹括ってくれよな」

雑念を振り払うようにそう宣言すると、何がおかしいのかリエがぷっと噴きだした。

3

冷夏だったわりには九月に入ると残暑が長く続いたその年、秋らしい風が吹きはじめたのは十月も中旬に入ってからのことだった。

その影響で木々の紅葉も遅れに遅れて、十一月中旬になってようやく美しく色づきはじめた。が、色づいたのが遅れたぶん散るのも早く、ものの二週間もしないうちにきれいに散ってしまい、瞬く間に冷たい冬がやってきた。

といっても、そんな季節の移ろいに気づいたのは、徹夜《てつや》明けのオフィスでたまたまつけたテレビでやっていた天気予報で今年後半の天気を振り返っていたからだった。

なにしろ『鉄路プランニング』を立ち上げた九月から十二月の初めまで、季節の移ろいはもちろん世の中の動きにもろくに目を向けていられないほど仕事に没頭《ぼっとう》してきた。

週に二日は徹夜して、土日休日がないのは当たり前。ほかのメンバーにはできるだけ帰宅してもらっていたが、おれは鮫島町のアパートに帰っている時間がもったいなくて、いつのまにかフローリングの床に須川《すがわ》布団店で買ってきた布団をじかに敷いて泊まり込むようになっていた。アパートに帰るのは入居者から雑務の依頼がきたときだけ。用事がすんだら夜中でもさっさとオフィスに戻ってきて仕事を続けた。

オフィス街と下町が同居した恵比寿にはまだ銭湯が残っている。そこで、風呂と洗濯は宝来湯《ほうらい》という銭湯に通ってすませていたが、年の瀬が近づくにつれて銭湯に通うのも億劫《おっくう》になって、オフィスの片隅《かたすみ》にユニット式のシャワールームと洗濯機を置いてもらってそれですませるようになった。

おかげでオフィスの中は、フリッツハンセンのソファセットの脇に須川布団店の布団が積まれ、ムラノ・ドゥーエのモダンなシーリングライトの横におれのパンツやシャツが干されているというぐちゃぐちゃな状態になってしまい、

「何のためにあたしがインテリアに頑張ったと思ってるのよ」

とリエを嘆《なげ》かせることになった。

食事も、最初のうちは近所のレストランに出掛けたりしていたが、その時間も惜《お》しくなって店屋物《てんやもの》かコンビニ弁当が日常食になった。十月に入ってからは週に二回、おれの食生活を伝え聞いた徳さんの奥さん、奈美江《なみえ》さんが、立川の弁当屋でつくった特製弁当をわざわざ持ってきてくれるようになった。おかげで多少は栄養の偏《かたよ》りが改善されたものの、食事など二の次であることに変わりはなかった。

ここまで頑張っても、まだ時間が足りなかった。髪を切りにいく時間もないから頭はぼさぼさで、服装にもかまっていられないから外出しなくていい日は一日中ジャージ姿です

ごす始末。にもかかわらず、やらなければならないことはいくらでもあって、一日が三十時間あったとしても追いつかないほどだ。

日野宮氏へのプレゼンは今年の大晦日《おおみそか》にすることになっている。開通まで三年という超短期間の納期《のうき》を考えたら、なんとしても今年中に計画の骨子を固めておきたかった。大晦日に計画を決定して正月の三が日だけ久しぶりの休暇をとって、仕事始めの四日から開通に向けて全力疾走《しっそう》。そんなスケジュールで進行していくことに決めていた。

作業の手順としては、まずは基礎《きそ》データの収集からはじめた。

・鉄道敷設《ふせつ》用地の選定基準
・東京都都市再開発の現況及び未来構想
・東京都内交通機関の現況及び未来予測
・鉄道事業経営の戦略と実態
・鉄道建設工事の監督・指導法及びチェックポイント
・鉄道法、国土法、都市再開発法、地方自治法、東京都の条例ほか各種鉄道関連法規
・東京都内流動人口の現況及び未来予測
・東京近県からの通勤通学客の動向
・鉄道用電力供給の現況及び将来予測

などなど、プランニングに当たって頭に叩《たた》き込んでおかなければならない基礎データは

山のようにあった。

基礎データが揃ったところで、プランを練り、現地調査に出掛けて、調査結果を分析して、企画会議で議論を闘《たたか》わせた。その上でまたデータを収集して、プランを練り直して、現地調査に出掛けて、調査結果を分析して、また企画会議で意見を闘わせる。

この繰り返しを何度やったことだろう。

そうした合間に各界の専門家にも協力を仰《あお》いで、さまざまなアドバイスをもらった。おれやリエの会社勤め時代の人脈から学生時代の友人知人に至るまで、あらゆるツテを辿りに辿って都市計画プランナー、鉄道エンジニア、建築家、環境アナリスト、エコノミスト、空間デザイナーといった専門家たちにアプローチして知恵を借りた。

とりわけ助けられたのは徳さんの鉄道人脈だった。現役の駅長、車掌長から元鉄道技術研究所所員、元保線区の管理室長まで。現役、OBを問わず鉄道の現場で働いていた徳さんの友人知人は、だれもがこよなく鉄道を愛している人たちで、鉄道づくりと聞いただけで二つ返事で協力してくれた。

こうして九月十月の二か月間で三十案近い路線プランを捻《ひね》りだして、その中から実現性の高いプラン五案に絞《しぼ》り込むことができた。

五案の詳細を十一月の一か月間をかけて精査して、十二月三日の今日までに二案に絞り込んだ。あとは今日から一週間かけて一案に絞り込み、その一案の企画提案書をまとめ上げて大晦日のプレゼンに臨《のぞ》む。そして、その場で日野宮氏からゴーサインをもらえれば、年明けから何とか建設計画をスタートできる。そんな段取りだった。

この段取りを鉄道建設のプロに話して聞かせたら、鼻先で笑われると思う。実際、徳さんの知り合いの鉄道関係者からも、

「プロだって二年三年かけて当たり前の仕事を、たった四か月でやっつけてしまうんですか」

と驚くと同時に呆れられたものだった。

それでも、もともとが無理を承知で引き受けた仕事なのだ。おれとしてはこの際、「鉄道づくりだってイベントづくりと同じ」と考えて突き進むことにした。早い話が、協栄広告時代にイベントを企画実施したときと同じやり方でやれば短期決戦も可能、というより、このやり方でなければ短期決戦は不可能だと思った。

クライアントの要望と予算に応じて綿密に市場を調査して、プランを立案して実施計画を立てる。クライアントからオーケーをもらったら場所を確保して、関係各社と調整をはかって、建て込みをして、マスコミを煽《あお》って、より多くの客を集めてどーんとオープンする。この流れを踏襲《とうしゅう》すれば、イベントづくりだって鉄道づくりだって同じように成功する。そう割り切ることにした。

ただ、一般のイベントとはひとつだけ違うのが、鉄道づくりという巨大イベントは期間

限定ではないということだ。いったんはじまってしまったら終わらない、いや、終わらせてはならないのが社会インフラたる鉄道の使命だからだ。

だが、この点に関しておれは何のノウハウも持ち合わせていないし、これはもう走りながら考えるしかない。今回結集した五人のメンバーで議論を尽くして試行錯誤《しこうさくご》していくほかない。

あれから、おれとリエと徳さんの三人に加えて二人の若手メンバーも決定した。

一人は田丸《たまる》ひろみという二十四歳の女性。リエの大学時代の後輩で、大手町《おおてまち》の総合商社に一般職として入社したにもかかわらず、お茶汲《く》みとコピーとりしかやらせてもらえなくて腐《くさ》っていたところをリエに口説き落とされた。

ひろみにはプランニングの支援のほかに、オフィス内の金銭管理から事務処理まで、経理兼総務の仕事をやってもらっている。

小柄で寡黙《かもく》なひろみは、帳簿づくりにしても電話応対にしてもきっちり手堅《てがた》くこなしてくれるから、事務処理仕事が苦手なおれとリエにとっては願ってもない人材だった。が、もちろん、リエが彼女を引っ張ってきた理由は、それだけではなかった。

「ひろみの頭の中には、大学時代に雑学女王って呼ばれていたほど、とんでもない知識が底なし沼のように詰まっているの。だからブレスト《ブレーンストーミング》をやるときなんか絶対に役立つ」

ひろみを最初に紹介してくれたときにリエが言っていた通り、企画会議のたびにひろみの豊富な知識には驚かされた。
たとえば初めてひろみを徳さんに引き合わせたときなど、スジ屋という仕事を知っていたばかりか、
スジを立てる＝列車の速度を速くする
スジを寝かす＝列車の速度を遅くする
スジを殺す＝列車の運行を中止する
ヒゲをつける＝ダイヤグラムで秒数を示す記号をつける
といったスジ屋の業界用語まで知っていた。これには徳さんも、鉄道マニアでもないのにえらく詳しいんですねえ、と仰天していたものだった。
もう一人の若手メンバーは、岡島三樹夫《おかじまみきお》という二十二歳のフリーター。おれが夜バイトの交通誘導員をやっていたときに知り合った男だった。これにはリエが、
「フリーターはやばいんじゃないの？」
と心配したものだったが、ミキオだったら絶対大丈夫だと押し切った。
ミキオは小学生の頃からのラガーマンで、高校時代はラグビーの名門校でチームの司令塔、スタンドオフとして活躍していた。高校三年のときにはチームが五年ぶりの花園《はなぞの》出場を果たし、ミキオも晴れ舞台を踏むはずだったが、好事魔《こうじま》多しというやつで、出場直前の練習中に不用意なタックルを受けて腰を負傷。それが致命傷《ちめいしょう》になって花園に行けなかっ

たばかりか、ラグビー人生も断念せざるを得なかった。そして、失意のうちに大学に進学したもののラグビーに代わるものが見つからずに悶々《もんもん》とした挙げ句に、大学そのものが馬鹿馬鹿しくなって二年で中退。それからというもの、バイトを転々としながら、つぎにやるべきことを模索《もさく》していた。

そんなミキオとの出会いは、ある夜、六差路の交差点に派遣されて二人組で交通誘導をやったときのことだった。六方向から走ってくる車をどの順番でどう通していけば効率よくさばけるのか。初めての現場に戸惑っていたおれを尻目に、同じように六差路は初めてのミキオがテキパキとおれに指示を出して見事な車の流れをつくってくれた。ラグビーのスタンドオフは、機敏な動きと一瞬にして試合を読む頭の回転力が求められるポジションだという。その片鱗《へんりん》を垣間《かいま》見せる仕事ぶりに感心して飲みに誘って以来、不思議と馬が合って仲良くなったのだった。

ミキオなら大きな戦力になってくれる。そう確信して、久しぶりに飲みに誘って説得した。

「三年間限定で、四百億の大仕事に全力投球してみれば、きっとミキオのつぎの道が見えてくると思うんだ」

おれの話にじっと聞き入っていたミキオは、

「待ってたんですよ、こういう話を」

大きくうなずくと、あっさり鉄プラのメンバーになってくれた。

以来、ミキオは見込んだ通り、外回りの現地調査や結果分析の際に機転の利いたデータや人脈を持ち帰ってくれた。その機転は企画会議でも大いに発揮されて、議論が煮詰まってきたときにミキオにボールを投げると、必ず新しい展開が拓《ひら》けるボールが返ってきた。最初は渋っていたリエもそうした仕事ぶりに接して、すぐにミキオを受け入れてくれた。

こうして五十代の徳さんと二十代のおれたち四人のコンビネーションがうまいこと噛み合って、この三か月間、我武者羅《がむしゃら》に突っ走ってきた。その結果、予定通り、十二月初頭までに二つのプランがプレゼン候補として絞り込まれた。

『新宿路線案』と『世田谷《せたがや》路線案』。両プランの詳細は改めて説明するが、この二案について明日から一週間、議論を尽くして、いよいよ一案に決め込むことになる。

「やっとここまできたね」

リエが大きな伸びをした。

今日は朝からパソコンの前に座りっぱなしで、午後二時を回ったこの時間まで資料づくりに励んでいた。

「いや、まだまだだ。これからの一週間が天王山《てんのうざん》なんだから気を引き締めていかないと」

おれは牽制した。大晦日に日野宮氏からゴーサインを出してもらうまでは、とてもひと息ついてなどいられない。

「けどあたし的には二案のどっちになってもいいと思うから、二案ともプレゼンしちゃってもいいんじゃない？」

「それはだめだ。こういうときは、これしかない、という一案をずばり提案しなきゃ説得力がなくなる」

「そうは言っても」

リエが言いかけたそのとき、事務所のドアが開いてミキオが帰ってきた。スタンドオフにしては大柄な百八十センチ近い体をひょいと屈《かが》めて打ち合わせテーブルの椅子に腰を下ろすと、

「砧《きぬた》と鎌田《かまた》の地籍簿、閲覧《えつらん》してきました」

鞄の中からバサバサと書類を取りだした。地籍については以前も調べてはいたのだが、念のため世田谷区役所で再確認してきてもらったのだ。

「ご苦労さま。とりあえずパソコンに入力しちゃってくれる？　それであたしの資料は格好がつくから。ひろみのほうも大丈夫よね」

リエに声をかけられたひろみが、

「はい、大丈夫です」

化粧っけのない顔を上げて微笑んだ。が、その目元にはさすがに疲労の色が浮かんでいる。ここ二週間ほどの間は、ひろみも毎晩のように終電近くまで頑張ってくれている。

「やっぱセーノ、今日はひと息つこうよ。ここんとこみんな根《こん》を詰めすぎ」

リエの言葉に、書き物をしていた徳さんが、それがいいかもしれませんね、と同調した。

「重大な決定を下す前には頭をよーくほぐしておく必要があるんですわ。過密ダイヤに臨時列車のスジを引くときには十五秒単位の勝負になるんですけど、そういうときは一晩ゆっくり休んでから引けっていうのがスジ屋の鉄則でしてね。ここはひとつ息抜きしましょう。いまから女房に料理を仕出しさせますから、みんなでパーッといきましょう」

気がついたときには午前零《れい》時を回っていた。

仕事に区切りをつけて午後五時ぐらいからぼちぼち飲みはじめて、五時半には徳さんの命をうけた奥さんの奈美江さんが弁当用に仕込んだ料理をぎっしり重箱に詰め合わせて届けてくれ、それからは奈美江さんも加わって賑《にぎ》やかな宴になった。

宴会部長はミキオだった。体を張ったギャグで笑わせたり、こまめにビールを注いで回ったり、体育会系仕込みの気配りで盛り上げてくれた。ひろみも飲みはじめるとけっこう楽しい酒で、キャッキャとはしゃいで場をなごませてくれる。

賑やかな宴が続くなか、最初に潰れたのが徳さんだった。やけにビールを飲むピッチが速いと思っていたら、いつのまにか応接用のソファの上にごろんと寝転がってゴーゴー鼾《いびき》をかきだした。それに気づいた奈美江さんが、あらあらとタクシーを呼んでミキオがよいしょと徳さんを担《かつ》ぎ込み、夫婦二人で帰っていった。

ほどなくしてミキオとひろみも帰り支度をはじめた。二人とも電車で三十分圏内に住んでいるのだが、もう終電が迫っているという。

「泊まっていったら？」

リエが言った。おれのようにずっと泊まり込みというわけではないが、ミキオもひろみも何度かオフィスに泊まったことがある。が、二人は顔を見合わせてから、今日は自宅の布団で寝ます、と肩を並べて帰っていった。

「あの二人、できちゃったかも」

リエがくすくす笑った。

「え、そうなんだ」

おれが驚いていると、

「セーノって相変わらず鈍感《どんかん》だよね」

呆れた顔をしてから、さ、寝よっか、と布団を敷きはじめた。

ちょっと慌てた。リエもこれまで何度となくオフィスに泊まったことがあるが、いつも徳さんやミキオやひろみが一緒のときだった。おれと二人きりで泊まったことは一度もない。

「まだ終電、あるんじゃないか？」

念のために確認したが、

「今夜は帰るの面倒臭くなっちゃった」

リエはさっさと二組の布団を並べて敷くと、オフィスに常備してあるパジャマを片手にシャワーを浴びにいってしまった。

急に鼓動が高まった。これは久しぶりにめぐってきたチャンスということか。

おれはそそくさと立ち上がると、洗面所がわりに使っている給湯室で歯を磨いた。いつになくせわしくブラッシングしている自分に気づいて、ふとおかしくなったが、しかし、リエがその気になっているなら受けて立たなくては据《す》え膳《ぜん》食わぬはというやつになる。

ムードづくりもしたほうがいいかもしれない。応接ソファの脇のミニコンポにジョー・パスの『ヴァーチュオーゾ』をセットした。壁に吊るしたスピーカーから、ピックを使わず指でつまびくフルアコギターの洒脱《しゃだつ》なフレージングが流れだし、オフィスの空気を穏やかに包み込む。

パジャマ姿でいい匂いを漂わせて戻ってきたリエにかわってシャワールームに向かった。まだ酔ってはいたが、据え膳を食えないほどではない。いつもより念入りに体を洗い、程なくして戻ってくるとオフィスの電気は消されていて、窓からは青白い月明かりが射し込んでいた。

リエはすでに自分の布団にもぐりこんでいた。いきなりがっついてもいけないと思い、おれも自分の布団にもぐりこんだ。十二月とはいえオフィスの中は暖かい。寝る直前まで空調を入れておけば、まず寒くて目覚めるようなことはない。

しばらく布団の中でタイミングをはかっていると、リエがごそごそ動く音がした。ごくりと生唾を飲み込んで、リエのほうに手を伸ばしかけると、

「話したいことがあるの」

慌てて手を引っ込めた。

「二人きりのときに話そうと思ってたんだけど、いまいい?」

やけに改まった声だった。何の話だろう。いつかのプロポーズに対する答えが変わったりして。淡《あわ》い期待を抱いて、いいけど、と答えると、リエは小さく咳払《せきばら》いしてから続けた。

「実は、日野宮さんのこと」

そっちの話か。拍子抜けしていると、リエがこっちに体の向きを変えた。

「やっぱ気になったから、日野宮さんのこと、いろいろ調べてみたの」

「それは調べるなって言ったろう」

「あの人、思ったとおり、ただの資産家じゃなかった。何だかわかる?」

「わかるわけない」

ふてくされて答えると、リエは二人きりとわかっているのに声を潜《ひそ》めた。

「宮さま」

「宮さま？」

「元皇族の日野宮家三十一代目当主、それが日野宮邦彦さんなのよ」

「そんな皇族、いたっけ？」

「いまは皇族じゃないの、元皇族」

「元皇族って、それこそリエが言ってた詐欺師みたいだな」

おれは笑った。つい最近も、元皇族、有栖川《ありすがわ》家の殿下を名乗った詐欺師が逮捕されたニュースが流れたばかりだ。

「そういうのとは違うの。日野宮さんは正真正銘、昭和二十二年に皇室典範が改正されるまでは皇族だったの」

「コーシツテンパン？」

せっかくのチャンスに肩すかしをくらったばかりか妙な展開になった。

「皇室典範っていうのは天皇と皇族に関する基本法のこと。昔、学校で習わなかった？天皇の継承《けいしょう》の順位とか皇族の範囲とかを定めている法律なんだけど、敗戦後に進駐《しんちゅう》してきたGHQの意向で昭和二十二年に改正されたの。GHQとしては天皇制の衰退《すいたい》を狙《ねら》ってやったらしいんだけど、この改正によって、それまで日本には皇族といわれる宮家が十家以上あったのが、天皇の直系三家、秩父宮《ちちぶのみや》家、高松宮《たかまつのみや》家、三笠宮《みかさのみや》家を除いては皇籍から離脱《りだつ》させられちゃった」

「おれたちと同じ民間人になったってこと？」

「そう。昨日までは皇族だったのに、三家以外は今日から民間人ですって決められちゃった。で、そのうちの一つが日野宮家だったというわけ」

おれは日野宮さんの切れ長の目と超然とした物腰を思い浮かべた。

「おかげで当時の日野宮家は、すごく苦労したみたいなのね」

「それはまあ、よその国の意向でいきなり今日からあんたは民間人だよって放り出されたんじゃ立場がないよな」

「うん、確かに立場もなかったと思うけど、ただ、もっと現実的な面でも大変なことになったのね」

「現実的な面？」

「お金」

「金も巻き上げられたんだ」

「結果的にはそういうことになるけど、実は免税《めんぜい》特権を奪われちゃったのね」

日本の天皇と皇族たちには税金を免除される特権がある。ところが日野宮家をはじめとする元皇族には、皇籍を離脱したその瞬間から、ほかの民間人と同じように税金を納めなければならない義務が生じた。

宮家は当時、先祖代々の土地や屋敷を日本全国に多数所有していた。そのすべてに財産税という名の莫大《ばくだい》な税金が突如《とつじょ》として課せられたのだった。

「しかもその課税率がすごいの、なんと九十パーセント」

「そりゃ無茶苦茶だな」

「いきなりそんなこと言われたって払えるわけないよね」

それでなくても宮家の人たちは、お金とは無縁の世界で生きてきた。当然ながら、お金を稼《かせ》ぐすべなど知る由《よし》もないし、いまさら就職するにしてもむずかしい。それでも莫大な税金を納めなければ許されないとなれば、乗りきる方法は一つしかない。先祖代々の財産を泣く泣く売り払って納税に充《あ》てるほかなかった。

「日野宮家もおれみたいな目に遭ったたってわけだ」

アパートの土地を売ったときのことを思い出した。元皇族の災難とはレベルが違いすぎるが、それでも気持ちはわかる気がした。

皇族という人たちがどういう人たちで、どういう意義を持って存在してきたのか、おれは一般的な知識以上のものは持ち合わせていない。しかし、われわれ庶民には及びもつかない生活をしてきた彼らにとってはまさに青天《せいてん》の霹靂《へきれき》だったことだろう。おれなんかの次元を超越した、歴史の非情というやつに翻弄《ほんろう》されたに違いない。

「ところがね」

リエが布団から身を乗りだした。

「ところが、日野宮家はほかとは違ったの。ほとんどの元皇族は泣く泣く土地屋敷を売り払って財産を失ったんだけど、なかには上手に立ちまわった元皇族もいたらしいのね。民間人として一念発起《いちねんほっき》して自分の手で事業を興《おこ》したり、土地や屋敷を担保に民間企業と手を組んだりして財産を守った元皇族もいたわけ」

その一つが日野宮家だったという。

「日野宮家は企業と手を組んだほうなんだけど、日野宮さんのお父さん、日野宮恒彦《つねひこ》っていう人がやり手だったみたいね。多少の土地は手放したらしいけど、それでも、見事に資金繰りをつけて立ち直った。おかげで、いまでも都心の一等地に五千五百坪もの土地を所有していて、ほかにも地方でリゾート施設、ゴルフ場、スキー場なんかの経営を手掛けているらしいから、その総資産といったら」

「指じゃ数えきれないほどあると」

「そう、指じゃ数えきれないほどある。しかも日野宮恒彦さんはお元気な人で、九十七歳になるまで日野宮家の当主をつとめていたんだけど、去年の三月に大往生《だいおうじょう》されたのね。で、息子の日野宮邦彦さんが新しい当主となって事業も財産もすべて受け継いだ」

「そういうことか」

「そういうことなの。四百億円の出所が不思議でしょうがなかったんだけど、やっとわかった」

「あるところにはあるもんなんだなあ」

「あるところにはあるものなのよ」

思わず二人で、ため息をついた。

こういうことは、実のところ、おれは知らなくてもいいことだと思っていた。おれと日野宮氏の関係は、日野宮氏の言葉を借りれば、

「おたがい、利用し合おうじゃありませんか。わたくしは夢を実現してくれるブレーンがほしい。あなた方はスケールの大きい仕事にチャレンジしてみたい」

というそれだけの関係でいいと思っていた。だから、あえておれは日野宮氏の素性《すじょう》を問いただすことも、わざわざ調べることもしなかった。

ただ、そうはいっても一つだけ気にかかっていたのが金の出所だった。一億二億ならまだしも、いや、それだってすごい金額だが、まして四百億もの大金をそう簡単に動かせるものだろうかと。

「けっして汚れたお金ではありません」

そう断言した日野宮氏の言葉を信じないわけではなかったが、それでも、それがずっと頭の片隅から離れないでいただけに、正直、ほっとした。

「しかし、よくそれだけ調べたなあ」

おれは言った。いつのまにか二人とも布団の上で上半身を起こしていた。

「この程度のことはその気になれば、だれにだって調べられることだよ。ただあたし」

リエは言葉を呑み込んだ。言葉を探しているのか、それ以上言っていいものか迷っているのか、不意に口を閉ざしてしまった。

「ただあたし？」

黙り込んだまま月明かりのシルエットになっているリエに問い返した。するとリエは、再びごそごそと布団にもぐりこんでから独《ひと》り言のように言った。

「日野宮さんのことがわかったことで、逆にちょっと」

「逆にちょっと？」

もう一度問い返したが、今度は返事がなかった。

また何か考えているのだろうか。しばらく待ったが、やがてスースーと寝息が聞こえてきた。

ずいぶんと寝つきのいいことだった。おれは小さく嘆息すると布団の中にもぐりこんだ。

ジョー・パスのギタープレイはいつのまにか終わっていた。静まり返ったオフィスには、ビルの配管が軋《きし》むような金属音が時折響いてくる。

なかなか眠れなかった。頭の中にさまざまなものが渦巻《うずま》いていて、目を瞑《つむ》っても眠気が訪れてくれない。

薄目を開けてリエのほうを見た。布団がかすかに上下している。規則正しい寝息をついて熟睡している。

いまがチャンスかもしれない。

ふと思った。

が、ここで手を出すのは卑怯《ひきょう》な気がして、結局、何もできなかった。

4

飲み会の翌々日の朝十時、鉄路プランニングのメンバーは新宿駅西口に集合した。西口ロータリーの正面に立っているスバルビルの前。師走《しわす》の木枯《こが》らしが吹きすさぶ歩道に五人の顔が揃った。

実は昨日、午後からオフィスで企画会議を開いたのだが、はかばかしい会議にならなかった。これから一週間かけて二つの案を一つに絞り込まなければならないというのに、飲み会の余韻《よいん》とアルコールも少し残っていたものだから、みんなの頭がなかなか会議モードに切り替わらなかったからだ。

今日はだめかもしれない。そんな諦めムードが漂いはじめたそのとき、ミキオが言いだした。

「現地会議っていうのはどうです？　改めてみんなで現地を歩きながら話し合ったほうが方向性が見えやすいと思うし」

こういう機転がミキオなのだ。それはいい、と全員一致で、まずは『新宿路線案』から歩いてみることになった。

「だけど、こうやって朝イチにスバルビル前に集まってると、どこかのAVの撮影隊と間違えられそうね」

ボアつきのコートにマフラーをぐるぐる巻きにしたリエが言った。

「何でAVの撮影隊なんだ？」

「やだ知らないの？　AVの撮影隊の集合場所っていったらスバルビル前が定番じゃない」

「出たことあるんじゃないの？」

おれが言うと、かもよ、とリエは笑って、

「この五人だと大方、徳さんが監督、セーノがカメラマン、あたしがメイク兼スタイリスト、ミキオが男優でひろみが初めて絡《から》みに挑戦する新人女優ってとこかな」

途端にひろみが声を上げた。

「何であたしが絡みに挑戦するんですか」

「だって二十八歳のバツイチ女が絡んだら企画物になっちゃうじゃない」

リエが身を削《けず》って笑いをとると、すかさず徳さんが口を挟んだ。

「わたし、企画物、嫌いじゃないですけどね」

「やだー、徳さん、奥さんに言いつけちゃうから」

新宿という街の空気がそうさせるのか、現地会議は和気あいあいのうちにスタートした。

「じゃ、まずは都庁方面からぐるっとまわってみましょう」

早速《さっそく》、現地会議の提案者、ミキオが先頭に立って歩きだすと、

「西口から都庁方面に行くルートは内回りってことになるわよね」

リエが確認する。

「うん、列車も車と同じ左側通行だから、こっちが内回りになる」

おれは答えた。新宿路線案を最初に提案したのがおれだったこともあって、ルートはきっちり頭に入っている。

もともとは、夜バイトで何度も新宿に来ていたときに不便を感じた経験から思いついたルートだった。

当時、新宿新都心の都庁の左脇を通っている四車線道路は改修中だった。その道路の真ん中に一晩中立ち詰めでおれは交通誘導をしていたのだが、朝方に仕事を上がって軽く一杯やって帰ろうと思うと、これがけっこう面倒だったのだ。

朝方でも飲める店は、新宿駅の北側に位置する歌舞伎《かぶき》町に集中している。そこで、まずは新宿駅西口方面にトコトコと歩いて、そこから北に左折して青梅《おうめ》街道に向かい、山手線や中央《ちゅうおう》線などが頭上を走る大ガードをくぐって靖国通りを渡り、十五分ほどかかってようやく歌舞伎町に辿り着けた。

新宿駅西口から地下にもぐるルートもある。新宿駅の下の長い地下道を通って東口に抜けて、地上に出たら左折して歌舞伎町に向かうルートだ。しかし、このルートの場合、朝や夕方、あるいは休日など人通りが多い時間帯にぶつかると狭い階段や地下道が人波で埋まってしまうことから、こっちはこっちで時間がかかる。

結局、新宿という街は、西側と東側が巨大な新宿駅の駅舎と山手線や中央線などの電車軌道《きどう》によって分断されているために、西口側と東口側を行き来するのがえらく不便な街なのだ。おかげで西口新都心の高層ビル街に勤めている人たちにとっては、東口のデパートに買い物に行ったり北側の歌舞伎町に遊びに行ったりするのは思いのほか面倒なことで、西と東の人の流れもおのずと分断されてしまう。

地下鉄の大江戸線を使えば都庁前から新宿西口、東新宿まで素早く移動できるじゃないか、という人もいるかもしれない。だが、大江戸線には致命的な欠点がある。東京の地下鉄としては新しい部類に入る大江戸線は、網の目のように掘りめぐらされた既存の地下鉄とぶつからないように、かなり深い地中を走っている。

たとえば新宿西口駅は地上から二十七メートル、ビルでいえば地下八階に相当する深さにあるから、地上からホームまでエスカレーターで下るだけでまず五分以上はかかる。つまり地下鉄に乗っている時間が三分だとしても、ホームへの上下で十分以上だから待ち時間も合わせたら十五分以上はかかることになり、これでは徒歩で移動する時間とあまり変わらない。

だったらバスはどうかといえば、新宿の街は朝も昼も晩も渋滞にまみれている。運がよければ五分で着く距離に十五分かかることだってめずらしくない。

そこで、大江戸線より気軽に乗れてバスのように道路状況に左右されない軌道が敷けないものか。新宿の街をいつでも自由自在に移動できる足がつくれないものか。そう考えて目をつけたのが空中だった。

直径二キロほどの円の中に収まる新宿の西口側と東口側と歌舞伎町側、そして近年再開発が進んでいる南口側。その東西南北をぐるりと囲むように走っている明治通り、靖国通り、西口中央通り、甲州《こうしゅう》街道などの幹線道路の上空に内回りと外回り、複線の周回軌道を走らせれば、気軽に乗り降りして東西南北を移動できる。そうなれば、東西南北に分かれている商業地区、ビジネス街、官庁街、歓楽街の人的交流が促進されて、いま以上に大きな経済発展が望めることは間違いない。

そこまで考えたときに浮かんだのが、新交通システムだった。直径二キロという限られたエリア内を周回する高架《こうか》軌道となると、従来型の高架鉄道よりも、新橋《しんばし》とお台場《だいば》方面を結んでいる『ゆりかもめ』と同じ新交通システムを導入したほうが、建設コスト的にも運営コスト的にもメリットは大きい。

車両が小型軽量化されている新交通システムは高架軌道も軽量対応構造でいいから、建設コストは一キロ当たり約九十億円ですむ。いま計画しているのは「新宿駅西口→都庁前→西新宿KDDIビル前→新宿駅南口→新宿三丁目伊勢丹《いせたん》前→新宿区役所前→歌舞伎町入口→大ガード→小田急《おだきゆう》ハルク前→新宿駅西口」という約四キロの周回ルートだから、総建設コストは約三百六十億円。それに加えて、新交通システムは無人運転なので運営コストは普通の電車の四分の一以下、一キロ当たり年間約三・四億円ですむから約四キロだと年間約十四億円。

ということは、予算が四百億円あれば建設コストがまかなえるのはもちろん、開通後に万が一、営業収入が二年間ゼロでもやっていける計算になる。

「だけど新交通システムの軌道って、どれくらいの高さを走るんですか」

ひろみが西口中央通りの上空を見上げながら言った。高架の高さによっても建設コストが違ってくると言いたいらしい。

「高さはどうにでも設定できるけど、道路上を走る車両の高さ制限は四・一メートル以下だから、それをちょっと上回る五から六メートル、せいぜい横断歩道橋ぐらいの高さでいいと思っている。エスカレーターやエレベーターをつけるにしても高架駅への昇り降りは短いほど便利がいいし、建設コストの削減と工期の短縮もできるからね」

ちなみに新交通システムの工期だが、総延長十四・七キロあるゆりかもめは工事着手から六年で竣工《しゆんこう》した。となると、一周約四キロのこの路線なら一年半もあれば竣工できる計算になる。ただし、既存の建物がなかったお台場に比べて既存の建物だらけの新宿だとかなり工事がやりにくいはずだから、うまくいって二年、難航《なんこう》した場合は納期ギリギリの二年半、というのが現実的な判断だろう。

一方で、既存の建物があることで有利な点もある。新交通システムの車両は小型な上に、車輪がゴムタイヤで騒音や振動が少ない。ビルの目と鼻の先を走っても騒音公害の心配がほとんどないから、普通の電車よりもビルの中に乗り入れしやすい。そこで、沿線《えんせん》のビルに交渉してビルの三階の一部を改造して駅をつくってしまえば、専用の駅をつくるよりはるかに安くつく。またビルの側からすれば、乗降客を直接ビルのお店に呼び込めるから、双方にとってメリットがある。

「じゃあ、たとえば都庁の庁舎に直接乗り入れることもできるわけですよね」

ひろみが今度は目の前にそびえ立つ東京都庁の高層庁舎を指さした。

「都の許可さえ下りれば、もちろんそれも可能だ」

「そうなったらあたし、うれしい。都庁の四十五階に展望室があるじゃないですか。あたし、あそこから眺める夜景が大好きで、昔、よく見に行ったんですけど、見たあと戻ってくるのがこわいんですよね。夜の高層ビル街の道って地上も地下も人通りが少なくて。だから都庁からそのまま電車で東口の伊勢丹に直行できるようになったら最高ですよ。夜景を見て、お買い物して、お食事してって全部できちゃう」

〈新宿路線案〉

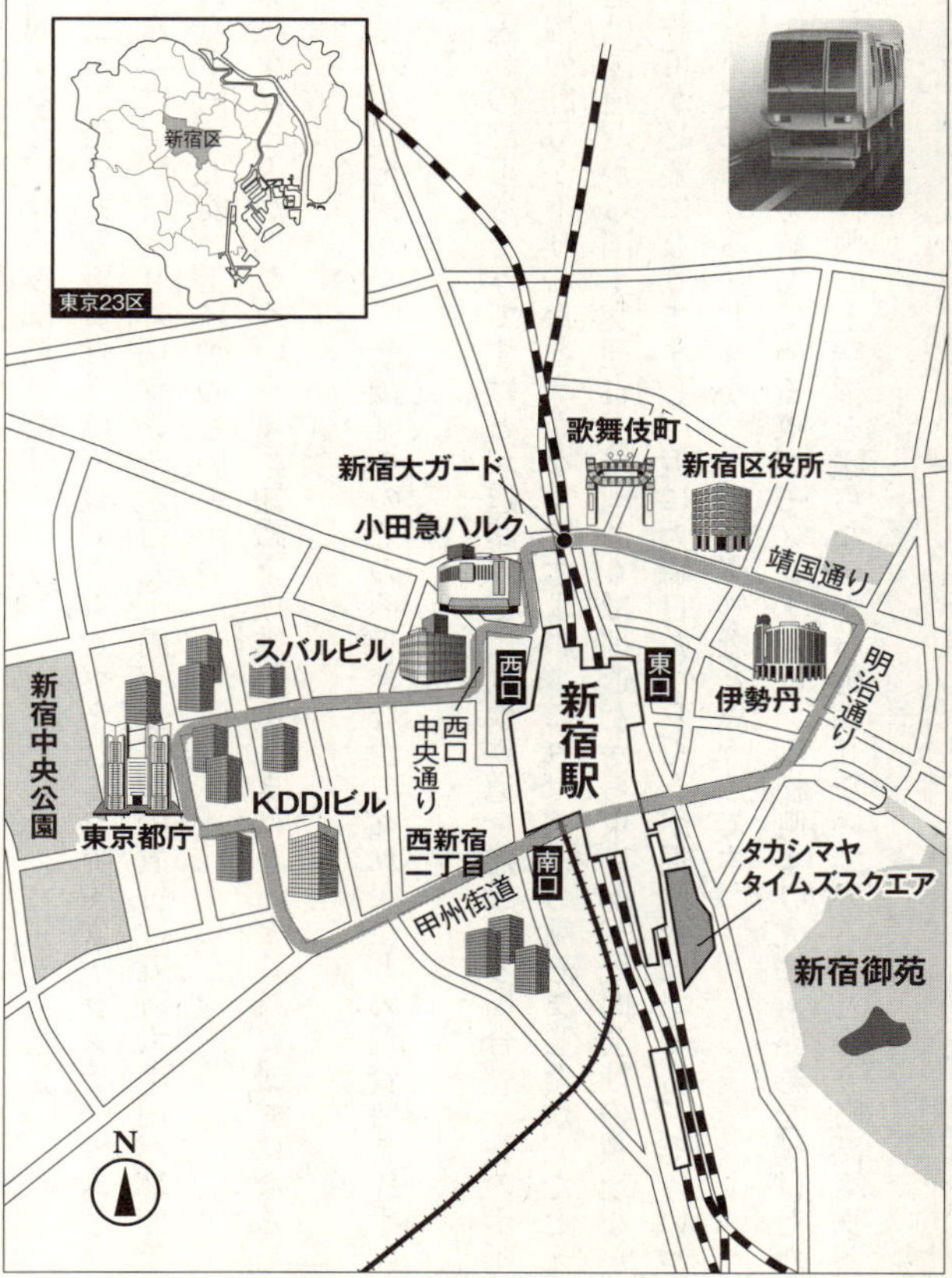
新宿区
東京23区
歌舞伎町
新宿大ガード
新宿区役所
小田急ハルク
靖国通り
スバルビル
西口
東口
新宿駅
明治通り
伊勢丹
西口中央通り
新宿中央公園
KDDIビル
東京都庁
西新宿二丁目
南口
タカシマヤタイムズスクエア
甲州街道
新宿御苑
N

「それって女子の必須コースよね」

リエが賛同すると、ひろみは続けた。

「ちなみに三十二階にある職員食堂は一般の人も食べられるんですよ。ランチタイムしかやってないんだけど、にぎり寿司ランチ六百六十円、金目鯛《きんめだい》の煮付け五百六十円、都庁ラーメン四百六十円って安い上に眺めもいい」

普段は寡黙なひろみが、こういうミニ知識を披露《ひろう》するときになると途端に雄弁になる。

「ただ、あれですね」

そこに徳さんが口を挟んだ。最後尾をのその歩きながらおれがまとめた資料を片手に眉を寄せている。

「都庁乗り入れの許可もそうですけど、道路の上に高架鉄道を建設する場合、一番のポイントは上空権の許可が下りるかどうかなんですよね。これは前にも話しましたが、たとえば甲州街道は国道だから国土交通省、靖国通りは都道だから東京都、民間会社の敷地なら民間会社の許可が必要になりますし、仮に大晦日にプレゼンが通ったにしても、そういった許可がスムーズに下りるかどうか、かなり微妙だと思うんですわ」

実際、浜松町《はままつ》と羽田《はねだ》を結んでいる東京モノレールは、浜松町より先にも路線を延ばしたいのに、JR東海が新幹線の上空権を譲らないから延ばせないでいる、という噂話もあるぐらいだという。

「ほかにも鉄道事業免許と軌道事業免許も取得しなければなりませんし、そこらへんの許認可関係が、どうもわたしは不安でしてね」

浮かない顔で指摘する。徳さんの懸念《けねん》を受けてリエも口を開いた。

「建設会社をどうするかっていう問題もあったわよね。お役所の許認可や建設会社との交渉については日野宮さんが全部やるって言ってたけど、そんなにうまくいくものかしら」

確かに言えてる、とばかりにミキオとひろみもうなずいている。

これはきちんと話しておいたほうがいいかもしれない。おれは都庁舎の手前でちょうど赤になった信号の前で立ち止まり、みんなに向き直った。

「それについては日野宮さんの言葉を信用するしかないと思うんだよね。いくらいい企画ができても、そうした交渉ごとがまとまらなければすべてがパーになることは日野宮さん自身が一番よくわかっていることだし、それに、実は建設会社はすでに決まっているそうなんだ」

「やだ、決まってたの？」

リエが声を上げた。

「折を見て話そうと思ってたんだけど、西都《せいと》急行グループの西都急行建設が全面支援してくれることになっているらしい」

おれが言った途端、

「西都急行グループですか、それは心強い」

徳さんが一転、笑みを浮かべた。

西都急行グループの話を聞いたのは二週間前のことだった。

リエに対して「日野宮さんの言葉を信用するしかない」と言っておきながら、実はおれ自身、日野宮氏の言葉を信じていいものか迷っていた。そこで、思いきって日野宮氏に質《ただ》してみたのだが、あえてみんなには黙っていた。

その日、おれはプレゼンの日時を確認するために日野宮氏に電話した。プレゼン日時の話は二言三言ですんだのだが、この際だからと意を決して尋ねてみた。

「許認可関係や建設会社との契約は日野宮さんが詰めてくださるというお話でしたが、そろそろ具体化していかないと時間的に厳しいと思うのですが」

するると日野宮氏が答えた。

「建設工事については西都急行グループが全面的に支援してくれます」

「あの西都急行がですか?」

これにはおれも驚いたものだった。

西都急行グループは池袋から埼玉県に延びる西急線を中心とする鉄道部門を中心に、ホテル部門、不動産部門、デパート流通部門を擁《よう》する一大グループだ。その鉄道部門の建設工事を担っている鉄道のプロフェッショナル、西都急行建設が請け負ってくれるのであれば、これほど心強いことはない。

「西都急行とは何かご関係があるのですか」

念のために聞いてみた。

「まあ昔からいろいろと縁がありましてね。とにかく、話はちゃんとつけておきますからご心配はいりません。国や都の許認可についても、手馴《てな》れた西都さんに任せておけばまず大丈夫です」

日野宮氏は断言した。

「でもお役所の許認可が下りるまでにはけっこう時間もかかりますし」

おれはたたみかけた。

「下ろしたくないものは永遠に下ろさない、下ろしたいものは右から左に下ろす、それがお役所の許認可というものですからね」

日野宮氏は、はっはっはと笑った。

それでもおれは不安だった。その時点ではまだ日野宮氏が元皇族だと知らなかったこともあり、きちんとした計画すら決まっていないプロジェクトを天下の西都急行がそう簡単に請け負ってくれるものだろうか、という懸念が拭《ぬぐ》えなかった。

が、いまにして思うと、ひとつピンとくるものがあった。かつて日野宮氏の父親、日野宮恒彦は日野宮家の財産を守るために企業と手を組んだ、とリエが言っていた。その組んだ相手企業が西都急行だったとすれば、話の辻褄《つじつま》は合う。日野宮恒彦は西都急行と組んで先祖代々の土地を巧《たく》みに運用することで重税の危機を乗り切った。そのときの縁がいまだに続いていて今回の話につながったのではないか。

ただ、この推測はみんなには言わなかった。日野宮氏の事情に関しては日野宮氏自身が告白するまで伏せておこう、とリエと約束したからだ。日野宮氏の身辺を調べたことが、万が一でも日野宮氏の耳に入れば、おたがいの信頼関係にかかわる。ほかのメンバーを信用しないわけではけっしてなかったが、わざわざみんなに言うことではないと思った。

新宿路線案を検証して歩く現地会議は、結局、その日の夕方までかかった。

最初の予定では、一周四キロだったらストレートに歩けば早くて一時間、かなりゆっくり歩いたとしても二時間もあればまわれるはずだった。実際、おれひとりで下調べにきたときは写真を撮りながらゆっくりまわっても二時間ほどしかかからなかった。

ところが、いざ実際に、ここに新路線を架設するのだとみんなで想像を巡らせながら現地を歩いてみると、周回ルートの要所要所に着くたびにいろいろなアイディアが出て議論が沸騰《ふっとう》するものだから、思いのほか時間がかかった。

とりわけ議論になったのが、車両基地の問題だった。おれとしては都庁の南側を走っている甲州街道の上空につくろうと思っていた。所在地でいうと西新宿二丁目付近の甲州街道は左右八車線、側道も合わせると全九車線もあり、周回ルートの道路の中ではもっとも広々としている。少し先の西新宿三丁目あたりからは甲州街道の上空に沿って首都高速道路の高架が架かっているのだが、西新宿二丁目付近だけは上空がきれいに空いている。その上空に蓋《ふた》をするような形で車両基地をつくればいいとおれは考えたのだが、

「せっかくの空に蓋をすることないと思うな」

とリエが言いだしたのだ。

東京オリンピックが開催された昭和三十九年に竣工した首都高速道路は、都内のあちこちで道路に蓋をする形で架設されている。しかし最近になって、それによって東京の景観が損《そこ》なわれている、という論議が巻き起こっている。

その象徴とされているのが日本橋《にほんばし》だ。日本橋は日本の道路網の始点とされていて、明治四十四年に架けられた明治国家の威信《いしん》を伝える装飾橋の袂《たもと》には「日本国道路元標」と記された記念碑も立っている。ところが、国の重要文化財にも指定されているこのルネッサンス様式の石造橋の上空には、橋を覆い隠すように無骨な首都高速道路が架設されている。これではせっかくの道路網の始点が台無しではないか。いまからでも首都高速道路を移転させて、日本橋の空を取り戻そうじゃないか、という気運が盛り上がっている。

そんな時代に、わざわざ甲州街道の空をなくしてしまうような車両基地をつくることはないんじゃないの？　というのがリエの主張だった。

だったら新宿中央公園のほうに引き込み線をつくって公園の地下に車両基地をつくったらどうだろう。いや、公園だったら新宿南口の先にもっと大きい新宿御苑《ぎょえん》があるから、その地下のほうがいい。そんな議論になったものだから、検証のために新宿中央公園や新宿御苑にも足を延ばしてみた結果、最終的には、都庁庁舎の地下にある広大な駐車場の一部を提供してもらえるように交渉してそこを車両基地にしよう、ということで話がまとまった。

そんなこんなで朝十時に出発した新宿西口スバルビル前に戻ってきた頃にはすっかり日が暮れていた。議論しながら歩きまわるというのは思いのほか疲れるもので、メンバー全員がくたくたになってしまい、西口の飲み屋街に寄り道する元気もなく、その日は翌朝に備えて早々に現地解散したのだった。

翌朝も集合は朝十時にした。

二日続きはきついから午後一時集合にしようという意見も出たが、『世田谷路線案』も新宿路線案と同様、およそ四キロの道程。午後からだと最後のほうは夜遅くなってしまって視察にならないということで、頑張って午前中から歩くことにした。

集合場所は、渋谷から神奈川方面に延びている東急田園都市線《とうきゅうでんえんとし》の二子玉川《ふたこたまがわ》駅。この駅のすぐ近くには高架の下を横切るように多摩《たま》川が流れていて駅のホームからも見えるのだが、その多摩川に沿うように上流に向かって走るのが世田谷路線案だ。

「二子玉川もずいぶんと変わったもんですよ」

駅の西口に降り立った徳さんが感慨《かんがい》深げに言った。

ここには子どもの頃に何度か来たことがあるという。当時、西口には玉川髙島屋《たかしまや》ショッピングセンターのような立派なビル群などなく、反対側の東口に二子玉川園という遊園地があってそれが有名だったことから駅名も二子玉川園となっていた。徳さんは、その遊園地の名物アトラクション、フライングコースターと呼ばれるジェットコースターに乗りたくて、親にせがんで遊びにきたのだった。

そんな記憶が徳さんに世田谷路線案を思いつかせたらしく、今日の現地会議は、すでに何度も視察にきている徳さんの先導で歩くことになった。

昨日に続いて晴天の空。多摩川から吹いてくる川風のせいか、都心と比べるとかなり気温が低く感じられ、日陰に入ると手がかじかむほど冷たい。しかし分厚いジャンパーに防寒耳当てをつけた徳さんはいつになく意気軒昂《けんこう》で、早足でどんどん歩いていく。

徳さんの背中を追って駅の西口から玉川髙島屋を横目に東京方面にちょっと戻ったところで、すぐに左折。人と自転車しか通行できない遊歩道に入った。

遊歩道は多摩川と並行して続いていて、五百メートルほど先の吉沢《よしざわ》橋の交差点で多摩堤《づつみ》通りに合流する。そこからは多摩堤通りを道なりに進み、鎌田、天神森《てんじんもり》橋を経て、喜《き》多見《たみ》をかすめて成城《せいじょう》の街に入って小田急《おだきゅう》線の成城学園前駅に至る。この約四キロのルートが世田谷路線案なのだが、実は、この経路にはかつて途中まで実際に鉄道が通っていたという。

「東急電鉄の砧線という単線の電車で、昭和四十四年に廃止されるまで二子玉川園駅から天神森橋を左折した先の砧本村《ほんむら》駅までの二・二キロを走っていました。いま歩いている二子玉川から吉沢橋まで続いている遊歩道は、砧線の線路が敷かれていた跡なんですわ。だからそれを記念して、ほら、そのマンホールの蓋にも電車の絵が描いてあるでしょう」

徳さんが指さしたマンホールには、確かにレトロな電車が描かれている。

もともとは渋谷と二子玉川園を結ぶ東急玉川線、通称「玉電」の支線として大正十三年に開業した路線で、当初は多摩川の砂利《じゃり》採取場から砂利を輸送するのが目的だった。おかげで開業の前年に見舞われた関東大震災で破壊された東京都心に大量の砂利を運び込むことができた。偶然とはいえ東京の街の復興に大いに役立ったそうで、のちに乗客を運ぶようになってからも親しみを込めてジャリ電と呼ばれていた。

「わたしも一度、小学校四年の頃でしたか、二子玉川園駅からジャリ電に乗ったことがあるんですわ。電車はデハ６０形という昭和十四年につくられて廃線まで走っていたロートル電車で、パンタグラフが手動式でした。いまでこそこんなに家やマンションが立ち並んでますけど、当時は田んぼや畑ばかりが続く田園風景の中をごとんごとんと揺《ゆ》られてのんびり走ったもんでしてね。中耕地《なかこうち》駅、吉沢駅、大蔵《おおくら》駅と三つ停まったらもう終点の砧本村駅でした。砧本村駅の線路が途切れる車止めの先には、野《の》っ原《ぱら》の中に『わかもと製薬』の工場が立っていました。いまは駒澤《こまざわ》大学のキャンパスになっていて周辺はすっかり住宅街ですが、あのときは、えらい田舎に来てしまったと思ったものでした」

徳さんの思い出話に耳をかたむけながら鉄プラのメンバーは歩を進めた。時折吹いてくる風は相変わらず冷たかったが、それでも、午前の陽の光を浴びながら歩き続けていると次第に体が温もってくる。

途中、中耕地駅跡の記念碑、旧砧線沿線の案内板、吉沢駅跡の石碑など、かつての砧線の面影が偲《しの》ばれる場所に立ち寄りながら遊歩道を歩いた。

車が行き交う多摩堤通りに合流してからは歩道を辿り、二子玉川から二キロ地点の天神森橋で旧砧線のルートから外れた。そこから先は今回新たに考えたルートだけに、蘊蓄《うんちく》話も思い出話もないまま成城に向けてひたすらどんどん歩いていった。やがて閑静《かんせい》な成城の住宅街を通り抜けたかと思うと、いつのまにか小田急線の成城学園前駅に着いていた。

「早いわねえ、四キロなんてあっという間」

再開発工事が進んでいる成城学園前の駅舎を見上げながらリエが言った。

「新しい鉄道をつくったらもっと早く着きます。二子玉川と成城学園前が十分ほどで結ばれますから」

徳さんはにっこり微笑むと、ふと腕時計に目をやり、

「おや、もうお昼になりますね。詳しい話は蕎麦を食べながらにしましょうか」

と言うなりさっさとタクシー乗り場に向かった。

二台のタクシーに分乗して、いま歩いてきたばかりの道を二子玉川方面に戻ると、さっき通った吉沢橋から程近い場所にある大将庵《たいしょうあん》という看板が掲《かか》げられた蕎麦屋に乗りつけた。

「やだ、パンタグラフがある」

ひろみが笑い声を上げた。驚いたことに蕎麦屋の店先には電車のパンタグラフが飾られていた。

「あれ、本物のパンタグラフです。東急電鉄から譲り受けたそうですよ」

徳さんが説明しながら店の戸を開ける。すると店内にも本物の玉電の運転台をはじめ吊《つり》革《かわ》、行き先表示板、ワンマン電車用の料金箱などの電車グッズが所狭《ところせま》しと展示されている。どれもがこの蕎麦屋の主人のコレクションだという。店の裏手には、さっき歩いた遊歩道がある。つまり三十四年前までは店の裏手を砧線が通っていたことから、いまも当時を懐かしんで玉電コレクションを続けている。

店内に飾られた田園風景の中を走る砧線のモノクロ写真を眺めながら蕎麦を食べた。徳さんは何度かこの店に顔を出しているらしく、瞬く間に蕎麦を手繰《たぐ》り込むと、問わず語り

〈世田谷路線案〉

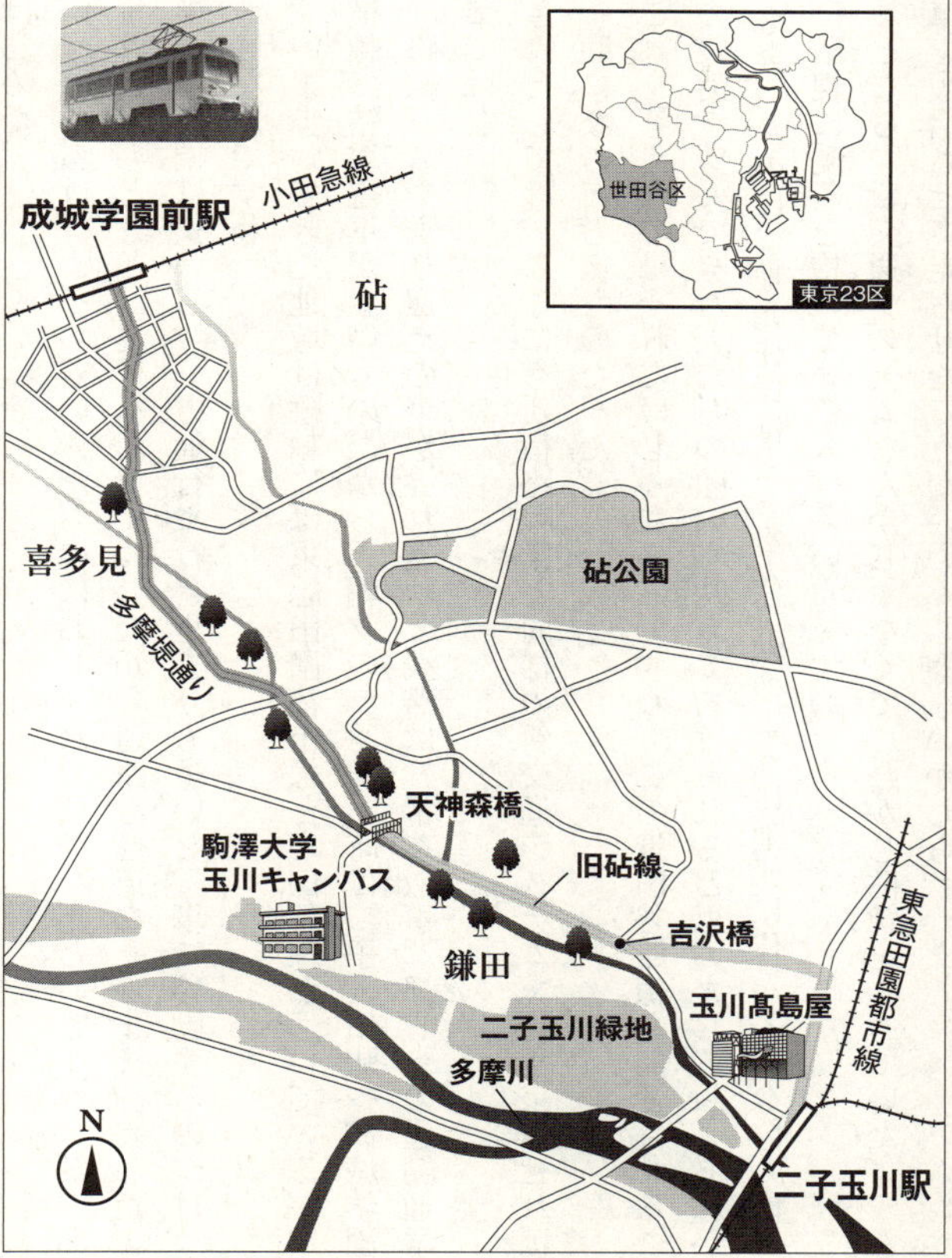
成城学園前駅
小田急線
砧
世田谷区
東京23区
喜多見
多摩堤通り
砧公園
天神森橋
駒澤大学
玉川キャンパス
旧砧線
吉沢橋
鎌田
東急田園都市線
玉川髙島屋
二子玉川緑地
多摩川
N
二子玉川駅

にしゃべりはじめた。

「世田谷というところは、よその若い人たちにはおしゃれで便利な街というイメージがあるらしいですけど、もともとは農村なんですね。だから道路も農道をそのまま舗装《ほそう》したような道が大半で、道幅は狭いし、一方通行や行き止まりも多いし、車で移動するのがけっこう大変な地域なんですわ」

とりわけ、いま歩いてきた地域は縦軸には東急田園都市線と小田急線が通っているが、その二線を横軸で結ぶ電車がないものだから、朝夕のラッシュ時は二子玉川駅や成城学園前駅へ向かう路線バスや送り迎えの車が溢《あふ》れ返って渋滞は日常茶飯事《さはんじ》。都心への通勤通学はなかなか楽ではない。

そこで徳さんとしては、ここにも新宿路線案と同様の新交通システムを行き来させれば不便解消の一助になると考えたのだった。

「でも私がこれを考えたのはそれだけじゃないんですわ。この世田谷路線を開通させることで、砧線の復活を望んできた人たちの願いも叶《かな》えてあげられると思いましてね。あれから三十四年も経ったのに、地元住民はもちろん、私のように地元に住んでいない人間でも、いまだに砧線に愛着を抱いている人は多いんですわ」

「そういうことなら、新交通システムなんかじゃなくて、むかし砧線を走っていたようなレトロな電車を復活させて走らせたほうがいいんじゃないかしら」

リエが店内のデハ６０形の写真を見ながら言った。

「もちろん、それが理想ですし、そうなればこの店のご主人も喜んでくれると思うんですけど、現実との兼ね合いを考えると砧線の跡地に鉄路を敷くというのは難しい相談でしてねえ」

徳さんが腕を組んだ。

いま新たに電車を走らせるとすれば複線化は必須だが、砧線は全線が単線で上下線の電車が行き違える場所すらなかった。つまり、仮に遊歩道になっている砧線の跡地が使えるようになったとしても複線化の余地はない。また成城の住宅街のあたりも道が狭くてそうした余地はなく、それを考えるとやはり空中を利用するしかない。

「だったら新交通システムの車両をデハ６０形とそっくりにしちゃうってのはどうです？」

ミキオが言った。

「いやあそれは」

徳さんが苦笑いした。さっき二子玉川でＳＬの形をした路線バスが走っているのを見かけた。それがなんとも珍妙なバスでみんなで笑ったものだが、徳さんとしては、あんな間抜けな真似をしてどうする、と言いたかったのだろう。

「けど一日の利用客数は大丈夫かしらね」

リエが話題を変えた。徳さんがリエに向き直って答えた。

「同じ玉電の支線として現在も生き残っている東急の世田谷線という路線がありましてね。田園都市線の三軒茶屋《さんげんちゃや》から京王線の下高井戸《しもたかいど》までの五キロを結んでいるんですが、一日の平均利用客数は五千人ほどもあって立派に採算がとれています。ですから、この地域だとその半分としても二千五百人は堅いんじゃないでしょうか」

「それで採算はとれますか？」

「二千五百人のままですときついかもしれません。でも、昔の砧線は多摩川に釣りに行く人もけっこう利用していたそうですから、そういう乗客も増えてくればなんとかなるかと」

「多摩川の釣り人ですか」

リエが眉を寄せた。

「いずれにしても、このあたりには鉄道が必要ですし、砧線に郷愁《きょうしゅう》を覚える人たちのためにも、ぜひ砧新線を実現させてあげたいと思うんですわ。そうですよね、ご主人」

不意に声をかけられた蕎麦屋の主人が、よろしくお願いします、と頭を下げた。

その晩、久しぶりにリエと二人でたたみ屋で飲んだ。わざわざ誘い合って行ったわけではない。偶然、そういうことになってしまった。

世田谷路線案の現地会議は、当初の予想に反して蕎麦屋から出た午後二時過ぎに終了してしまい、早々に現地解散した。

その後、おれは一人で玉川髙島屋ショッピングセンターをぶらついて、パンツと靴下の替えとジョン・スコフィールドがゲスト参加しているソウライブのデビュー盤『ターン・イット・アウト』を買い直した。このアルバムは鮫島町のアパートにはあるのだが、オフィスにも置いておきたかった。

買い物を終えて恵比寿に到着したのは午後六時過ぎだった。が、そのままオフィスに戻る気にならなかったものだから、ふらりとたたみ屋に立ち寄ってみたらリエが一人で泡盛のグラスを傾けていた。

リエも真っ直ぐ家に帰る気にならなくて、五時半の開店と同時に来店したのだという。ほかにお客は中年男が二人いるだけだから、女の一人酒はけっこう目立つのだが、黒のセーターに黒のジーンズというリエの気負いのない佇《たたず》まいのせいなのか、不思議と浮いた感じはしなかった。

「徳さんの思い出の旅になっちゃったね」

おれが久米仙のお湯割りを注文したところでリエが笑いながら言った。今日の現地会議のことを言っている。

「ああ、確かに」

おれも笑うと、

「もう決めたんでしょ？」

リエが急に真顔になった。

「うん、まずはイリチーにする」

「おつまみじゃなくて路線案のこと」

「それはまだだよ。あと五日間、しっかり議論して最後の詰めをしてからじゃないと」

「もう決めちゃっていいと思うけど。時間もないことだし、早いとこ決めてプレゼンの準備に入ったほうがいい気がする」

「けどやっぱり迷うよなあ」

「もちろんあたしにも迷いはある。砧線に思い入れがある徳さんの気持ちもよくわかるし。ただ、採算ベースから見て経済効果百億円っていう試算からすると、やっぱ新宿路線案だと思う」

「経済効果百億円は、かなり強気の試算だけどね」

おれが苦笑すると、

「それにしても、採算がとれなきゃ鉄道の存続自体が危ぶまれるわけで、それを考えると決断は早いほうがいいと思う」

せっつくように言うとグラスの中身を飲み干し、リエの定番銘柄《めいがら》、残波のおかわりを注文した。おれはさっき買ったソウライブのデビュー盤を取りだした。

「これ、店の人にかけてもらおうか。七曲目にゲストでプレイしてるジョン・スコフィールドのソロがすごくてさ、コードがころころ変わる中で絶妙なスケールアウトを織り交ぜて流れるように弾《ひ》きまくるわけ」

「話を逸《そ》らさないでよ」

リエが語気を強めた。

「それにあたし、何だか嫌な予感がするの。建設会社は西都急行建設に決まったってセーノは言ったけど、そんな簡単にいくものかなって」

「だからそれは何度も言ってるけど、日野宮さんの言葉を信じるしかないだろう。日野宮さんが西都急行建設と話がついているって断言したんだから、それに対しておれたちがとやかく言ったところでしょうがない話で、ほかにどうしろって言うんだよ」

「しょうがない話じゃないと思う。だってそれって、今回のプロジェクトにとって一番大事な話じゃない。この先、うまく企画が決まって、無事に役所の許認可が下りたとしても、建設会社をきちんと仕切れなきゃできる鉄道もできないわけでしょ。その建設会社を仕切るのはだれなの？　セーノをリーダーとするあたしたちじゃない。新宿路線案と世田谷路線案の精査は、もう十分にやったと思うの。鉄道への思い入れも大切ではあるけれど、最初から採算が合わないとわかっている鉄道なんてありえないわけで、だったらいますぐ新宿路線案に決め込んで、西都急行建設対策を考える時間もとったほうが現実的だと思うわけ」

いつになく苛《いら》ついているリエだった。

おれは黙ってお湯割りを口に含むと、ゆっくりと顎《あご》をさすった。そんな態度がますます気に障《さわ》ったのか、リエは叱りつけるように続ける。

「だいたいセーノは西都急行のこわさがわかってるの？　徳さんにしたって、西都急行が支援してくれるなら大丈夫です、なんて無邪気に喜んでたけど、うっかり油断してたら足元すくわれちゃうから」

「敵役《かたき》みたいに言うなよ。かつて日野宮家を救った会社が支援してくれるっていうんだから」

「日野宮家を救った会社？　だれがそんなこと言ったのよ、日野宮さん？」

「いや、それは、おれの推測だけど」

リエが大きなため息をついた。

「いいこと、西都急行っていう会社は戦後になって急成長した会社なんだけど、その理由を知ってる？」

知るわけがない。

「皇籍を離脱して困っている元皇族の邸宅や土地を買い叩いて、そこにシティホテルやりゾート施設をどんどんつくりまくることで急激に成長していったの。これ、有名な話なんだから」

たとえば元皇族の麻華宮家《あさはなみや》が港区白金《しろかね》に所有していた敷地一万坪の邸宅は、西都急行グループの創始者、筒井由次郎《つついよしじろう》が昭和二十五年に総額六百万円で買ったという。

当時、大卒の初任給は約三千円、現在は約二十万円だから物価が約六十七倍になったと考えると、六百万円は現在の価値で四億二百万円相当。ちなみに現在の白金の平均地価は坪三百万円を下らないから一万坪だと三百億円。つまり当時の西都急行グループは、現在の価値に換算すると港区白金の三百億円の物件をたったの四億二百万円で手に入れたことになる。

こういうことをほかにも港区高輪《たかなわ》の白石川《しろいしかわ》家邸と武井《たけい》家邸、千代田《ちよだ》区紀尾井《きおい》町の李乃《りの》王家邸、横浜市磯子《いそご》の伏目木《ふしめき》家別邸、長野県軽井沢《かるいざわ》の麻華宮家別邸など、あちこちでやっていたというのだから急成長もしようというものだ。

「ひとの弱みにつけ込んで、ひどい話よ」

「だけど日野宮家も西都急行に買い叩かれたのかどうかはわからないんだろ？」

「それはまだわからないけど可能性はある」

「仮にそうだとしたら、なぜ日野宮さんは西都急行の支援を受けられるんだ？　買い叩いた日野宮家を西都急行が支援するなんておかしいだろう」

「それがわからないから不気味なんじゃない。だからやっぱ、興信所とか使ってきちんと調べたほうがいいよ。これ以上のことはあたしには調べようがないし」

なんだかややこしいことになってきた。

しかし、だからといってこれはもうおれたちにはどうしようもないことなのだ。そうした日野宮家の裏事情には首を突っ込まない。このスタンスを崩してはいけないと思った。

「なありエ、改めて言っておくけど、こうなったらますます興信所なんか使っちゃだめだ。おれたちはあくまでも雇われた企画屋なんだから、引き受けた仕事を全《まっと》うすることだけ考えていればいい。だから、それ以上、余計なことを調べちゃだめだ」

「だけど」

「とにかく、西都急行建設のことは企画にゴーサインが出されてからのことだ。いまの時点でぐだぐだ考えたところで仕方ないことだと思うし、それよりは、新宿路線案か世田谷路線案か、もっと煮詰めて考えることのほうがよっぽど大切だと思うんだ。もちろん採算を度外視するわけにはいかないけれど、徳さんの思い入れだって捨てがたい。実際、昨日と今日、最終的に現地を検証してみて、おれとしてはますます迷いが深まったというのが正直なところだし。その意味でも明日からの五日間、もう一度、みんなと一緒に悩んでみたいんだ。これしかない、と日野宮さんに自信をもってプレゼンするためにも」

それだけ一気に言い放つと、おれは残りのお湯割りを飲み干して席を立った。

5

「ここが一泊七万円もするホテルっすか。おれなんかが入ってもいいんすかね」

スーツ姿のミキオが光り輝くガラス張りの高層ビルを見上げながら言った。

「最低でも一泊七万円、って言ってちょうだい。今日とってあるスイートは一泊五十万円、最上級のスイートになると一泊九十万円もするんだから」

同じくジャケットにタイトスカートのスーツを着たリエが笑いながら言った。

「すげー、九十万あったら、おれんちのアパートに一年半も住めちゃいますよ」

「ミキオも来年のクリスマスには大奮発して大切な人を連れてこないとね」

リエがわざとひろみのほうを見てからかうと、

「そんなんじゃないですよ」

ひろみが耳を赤くした。いつもはジーンズ姿のひろみも商社時代のスーツを久しぶりに引っ張りだしてきたという。

都庁舎の裏手にそびえ立つ高層ホテル、パークリージェンシーをプレゼン会場に選んだのは、もちろんリエだった。

「四百億円の企画なんだから四百億円にふさわしい場所でプレゼンしなきゃ」

そう主張して、ホテルランキングでいつも一位に選ばれているこの新宿のホテルに目をつけて、応接ルーム、二つのベッドルームに加えて大きな会議室もついているスイートルームを勝手に予約してしまった。

日野宮氏には午後三時からと伝えてあるから、プレゼンまであと一時間ある。それまでにチェックインをすませて会議室にパソコンや資料類をセッティングしておこうという段取りだった。

大晦日とあってロビーは人波で溢れていた。高級ホテルで優雅に年越しを、といった風情のカップルや家族連れが大半だったが、おれたちはそれどころではない。おれと徳さんも含めて全員が一張羅《いっちょうら》のスーツを着込んだ鉄プラのメンバーは、このプレゼンが無事に終わらなければ、おちおち年も越せない。

なにしろようやくここまで辿り着けたのだ。現地視察の翌日から五日間の検討会議を経て最終案を決定。それから三週間はプレゼン用の企画提案書と膨大《ぼうだい》な参考資料づくりのために、一日の休みもとらずに頑張ってきた。リーダーのおれは当然ながら、この三週間、一歩たりともオフィスから出ていない。鮫島町のアパートの大家仕事もとてもやっていられないから、住人から何か連絡があったときはミキオに無理を言って代行してもらい、ひたすらパソコンに向かう日々だった。

以前から協力してもらってきた各界のプロたちにも大いに世話になった。とりわけ徳さんの鉄道仲間は熱心で、手弁当で資料をつくって提供してくれる人までいた。

それでも最後の三日間は時間が足りずにメンバー全員が徳さんの奥さんの賄《まかな》いつきでオフィスに泊まり込んだ。しかもその二晩は、体力的にドクターストップ寸前の徳さんを除いた四人が徹夜作業をして、ようやく今日に間に合わせることができた。おかげで、せっかく正装しているというのに、だれもが腫《は》れぼったい目をしていて、明るく振る舞ってはいても全身に漂う疲労感は隠しようがなかった。

だが、まだ疲れたなんてことは言っていられない。これからが本番なのだ。

ちなみに、最終案は『新宿路線案』に決めた。

今回の場合、決断のポイントをどこに置くかで大きく結論が変わったと思うのだが、最終的にはリエが言っていた採算だけではなく、投資効果の大きさで決断した。四百億円の投資が将来の東京にどれだけ生かされるのか。それを数値に置き換えて多角的に検証してみると、やはり新宿路線案に軍配《ぐんばい》が上がってしまう。

もちろん、地域住民の日常の足として親しまれた鉄道の復活劇、という思いを大きく評価して判断すれば『世田谷路線案』に軍配が上がったと思う。早い話が今回の決断は、「経済」を優先した鉄道か、「愛着」を優先した鉄道か、その二者択一だった。どちらも鉄道の進化形である新交通システムを使う案ではあったが、鉄道を経済という実の部分でとらえるか、愛着という情の部分でとらえるか、その違いだったわけだ。

この両者は、どちらが良い悪いと単純に決めつけられるものではない。実と情は密接に関わり合っているものでもあるからだ。が、両者のどちらに重きを置くかで出来上がるものはまったく違ってくるから、その意味でも決断までの五日間、おれはみんなを焚《た》きつけて徹底的に議論した。

その結果、全員一致で選ばれたのが新宿路線案だった。世田谷路線案への愛着を捨てきれないでいた徳さんも、最終的には十分に納得した上で賛成してくれた。情の部分にも最後の最後までこだわっていたものの、成城という高級住宅街には厳しい建築規制がある。五階建てマンションの建設計画が持ち上がっただけで大騒ぎになる地域事情を考え合わせると、時間のない今回は実現性が薄いと判断してくれたのだった。

約束のプレゼン時刻、午後三時の十分前に日野宮氏が姿を現わした。初めて会ったときと同じように一人きりでやってきた。

仕立てのよさそうな三つ揃いのスーツに身を包み、穏やかな物腰で応接ルームに入ってくると、リエが勧めたソファに静かに腰を下ろした。

その超然とした態度は、このスイートルームにもっともふさわしい人物といってよかった。育ちの違いという言葉はあまり好きではないが、ただ部屋に入ってきてソファに座っただけで育ちの違いを感じさせてしまう人など、そういるものではない。

「はじめまして、徳武重雄と申します」

まずは日野宮氏とは初対面のメンバー、徳さんを皮切りにミキオ、ひろみと順番に自己紹介をした。

日野宮氏は一人一人と丁寧《ていねい》に挨拶をかわして、よろしくお願いします、と頭を下げた。しかし、挨拶しているときの会話からして、どうやら日野宮氏はこの三人のことも知っているようすだった。

まさかプレゼンする中身まで知っていたりして。そんなことを考えながら、おれはもう一度、頭の中でプレゼンの段取りを確認した。

まず最初におれが、パワーポイントで仕上げたスライドショーで企画の概略を説明する。新宿の街の現状と問題点を指摘した上で、その解決策として地下鉄や路線バスより運行効率的にも経済コスト的にも優れた周回型の新交通システム、『仮称・新宿周回鉄道』の架設を提案してから、日野宮氏を会議室の窓際に案内する。会議室の窓からは新宿の周回ルートのほぼ全景が眼下に望めるから、実際の風景で完成予想図を実感してもらう演出だった。このために、リエには事前に窓からルートが見えるかどうか確認してもらっている。

続いてリエが、完成後のベネフィットについて説明する。新宿に通勤してくるビジネス客の動向、国内外から出張してくるビジネス客の動向、買い物客の動向、国内外からの観光客の動向などの分析結果を示した上で、ビジネス地区、都庁地区、商業地区、歓楽街の四地区に画期的な利便性の向上をもたらし、大きな経済波及《はきゅう》効果が上がる点を強調。さらに新交通システムはCO^{2}の排出量が少なく環境問題的にも優等生だと訴求《そきゅう》する。

最後に徳さんが新宿周回鉄道のハード面を説明する。新交通システムの無人運転機構の概略、ゴムタイヤ式車両の主な仕様、ビル内駅設置のメリット、都庁地下への車両基地設置の必要性など、車両調達から架設工事の実施要綱《ようこう》まで詳細に語り終えたところで、おれが締めの挨拶をしてプレゼンは終了。

このすべての内容を記した企画提案書と実施要綱書と参考資料は、中身を必要最小限に絞りに絞ったにもかかわらず三冊とも電話帳並みの分厚さになった。積み重ねると二十センチほどの高さになる迫力に、今朝方の九時半、ようやく三冊をきちんと製本し終えたときはみんなで拍手喝采《かっさい》したものだった。

これならいける。

おれはそう確信していた。この企画だったら日野宮氏もすんなりとゴーサインを出してくれることはまず間違いない。おれもみんなもそう信じていた。

「それではみなさん、そろそろ会議室にお願いします」

リエが促す声で我に返った。

いよいよそのときがきた。

おれはひとつ深呼吸して自分に気合を入れると、先頭を切って会議室に向かった。

「ダメです。この企画ではゴーサインは出せません」

大きな楕円《だえん》形の会議テーブルの真向かいに座っている日野宮氏が、おれの目を見据えてきっぱり言い放った。

耳を疑った。

いま日野宮氏の口から発せられた言葉が、おれたち渾身《こんしん》の企画を却下する言葉だったことが信じられなかった。

午後三時過ぎにスタートしたプレゼンは予定通り、おれ、リエ、徳さんの順に熱弁を振るって、およそ二時間かけて新宿周回鉄道の全容を披露した。

おれもリエも徳さんも、それぞれの役割を十二分に果たしたと思う。最後におれが挨拶したときには、どうだ、まいったか、といった誇らしげな気持ちすら湧き上がってきたものだった。

だが日野宮氏は、おれの耳に聞こえた言葉に間違いがなかったことを証明するかのように、目の前に置かれている電話帳三冊ぶんのプレゼン書類を片手でぐいとおれのほうに押し戻してきた。

それがダメ押しだった。頭の中が真っ白になった。

何か言い返さなければいけない。懸命に頑張ってきたメンバーの情熱を代表して、ここでおれが何か言い返して再びプレゼン書類を押し戻さなければいけない。そうは思うのだが、これほどの自信作をあまりにもあっけなく却下された衝撃が強烈すぎて、真っ白になった頭の中からは何の言葉も浮かんでこない。

そのとき、会議室の重い沈黙を打ち破るようにおれの右隣にいるリエが口を開いた。

「どこがいけないんでしょうか」

乾いた声だった。が、その声には抑えきれない怒りが含まれていた。

「たったの四か月で、こんなにハイレベルの企画をまとめ上げたんです。それをろくに検討もしないで速攻でダメ出しだなんて、いくら出資者でもあまりにも失礼なんじゃないでしょうか」

語尾が震《ふる》えていた。リエの精一杯の抗議だということが言葉の端々から伝わってきた。

おれは自分を恥じた。ただ動揺して押し黙っているだけで、リエにそこまで言わせてしまった自分が、この場から逃げ出したくなるほど恥ずかしかった。

その瞬間、腹が据わった。おれはおもむろに両手を前に突き出すと、プレゼン書類をぐいと押し戻して日野宮氏を睨《にら》みつけた。

「率直に言います。まず不採用の理由をきちんと聞かせてください。それでもし納得がいけば年明けに再度プレゼンします。しかし、もし納得できなかったときは、我々はこの仕事には不適任だと判断して降板します」

　こんな台詞《せりふ》がすんなり口をついて出てきたことに自分でも驚いた。リエも驚いたようすでおれを見ている。おれを中心に横並びに座っているほかのメンバーも、固唾《かたず》を呑んで事のなりゆきを見守っている。会議室の空気が張り詰めた。空調のかすかな風音のほかは物音ひとつ聞こえない。

　すると、日野宮氏がふっと笑みを漏らした。はぐらかすような笑みではなく、ピンと張り詰めた緊張をなごませるような微笑みを浮かべておれから目線を外すと、会議テーブルの右端に座っているミキオに告げた。

「フロントに電話して、すぐに用意してくれるように言ってくれますか。ええ、用意してくれと言えばわかりますから」

　ミキオが弾かれたように席を立つと、日野宮氏は改めておれに向き直り、

「会議室というところはどうも堅苦《かたくる》しくていけません。あちらでゆっくりお話ししましょうか」

　応接ルームのほうを指さした。

　まずはみなさん、この場にこうして集《つど》えたことを祝して乾杯しましょう。

　このシャンパンはカンヌ映画祭の公式シャンパンに採用されているパイパー・エドシッ

クのキュヴェ・レアというプレステージ物で、わたくしたちの鉄道ショーの開幕にふさわしい一杯かと思い、抜いてもらいました。シャンパンのほかにもワイン、焼酎、ビール、日本酒、カクテル、いろいろ用意させましたので、お好みのものをご遠慮なくどうぞ。お昼もまだでしょう。料理もどんどん追加させますから、お好きなだけ召し上がってください。

徳武さん、ネクタイを緩めてくださってけっこうですよ。時間のないところで頑張ってくださったんでしょうね、かなりお疲れのようですから、ここからの話はどうかリラックスして聞いてください。年寄りの話は長くなりますから、靴を脱いでソファに足を投げ出してくださってもけっこうですし。

さて、どこからお話ししましょうか。

そうですね、まずは少しばかり昔話をさせてください。

鉄道模型というのはご存じですよね。ええ、そうです、OゲージとかHOゲージとかNゲージといった線路の軌道幅《きどう》によって縮尺が決められているミニチュア鉄道のことです。わたくしが子どもの頃は、ドイツのメルクリン社が二十世紀初頭に世に出した軌道幅が三十二ミリのOゲージが主流でしてね。ちょうど十歳のときでしたから日本が敗戦国となった直後のことでしたが、その後、神田《かんだ》の交通博物館などにつくられたジオラマ鉄道のHOゲージよりもひと回り大きな車両を走らせて遊んだものでした。

当時、我が家には、わたくしの父親が戦前に買い集めたOゲージのレールがたくさんありましてね。それがたまたま納戸《なんど》に放り込んであったのを発見したものですから、好きなように繋ぎ合わせて居間や廊下に敷き詰めて模型の列車を走らせていたわけです。列車はメルクリン製のドイツの蒸気機関車BR44が一両あって、最初はそれだけを走らせていましたが、すぐに物足りなくなりましてね。で、BR44に連結できるように客車や貨車をボール紙やブリキ板を使って自作したのです。

わたくしの家庭は、父親と母親が仕事柄、夫婦揃って外出することが多かったものですから、いわゆる執事といいますか、親代わりとなって一人息子のわたくしの面倒を見てくれる人が毎日通ってきてくれていましてね。その執事がなかなか器用な人だったものですから、レールを敷いて遊んでいた私にOゲージの縮尺の計算方法から図面の引き方、工具の使い方、塗装の仕方といったことを熱心に教えてくれたのです。

それはもう何両も作りました。子どもというのは夢中になると寝食を忘れて没頭しますから、戦前に発行された『鉄道』という鉄道ファン向けの雑誌の写真を参考にしてオハ31系という客車を一編成、ワム50000という貨車を中心とした貨物列車も一編成。そのうちに蒸気機関車も日本のものがほしくなって、戦前から戦後まで走り続けたC12形という蒸気機関車、さらには戦時中から山手線を走っていた63系という葡萄《ぶどう》色の電車も一編成、新聞や雑誌の写真を参考にしたり放課後に駅や操車場まで実物を見にいったりして作りました。

そんなわたくしの熱中ぶりに、執事も思うところがあったのでしょう。十一歳になったある日、家の裏庭に連れていかれまして、

「あそこに鉄道を敷きましょう」

と言ってくれたのです。

裏庭といっても、そこは千坪ほどもある手つかずの雑木林で、その一角に五坪ほどでしたでしょうか、雑草が生《お》い茂った狭い原っぱがありました。つまり、その原っぱに常設の箱庭鉄道を作ったらどうかと執事が提案してくれたわけでして、あのときは飛び跳ねたくなるほど嬉しかったものでした。

なにしろ居間や廊下に線路を敷いては片付けて、敷いては片付けていたものが、いつでも好きなときに実物さながらの箱庭の中で自作の列車を走らせられるわけですから。

さっそく下草を払って、雑木林の奥からシャベルで掘り返してきた土を盛って山を作り、低木を植えて、トンネルを掘りました。川を通して水を流して鉄橋を架けました。そして、トンネルと鉄橋を抜けて山をぐるりと周回する路線。周回の途中からポイント切り替えで平野に下ってきて街に入り、踏切を通過して日野宮駅に到達する路線。そこからさらに平野を突き抜けて丘を越えて再び山に向かう路線。列車を走らせる愉《たの》しみをしっかり味わえるように縦横無尽《じゅうおうむじん》にレールを敷きめぐらせました。

街には住宅街を造成して、日野宮駅の駅舎を建てて、駅前広場を整備して、駅前商店街も作りました。丘には花を植え、田畑を拓き、牧場も作りました。道路には自動車を走らせ、交通標識を立て、広告看板を据え付け、石膏《せっこう》を固めて作った通行人を配置しました。毎日学校から帰ると裏庭に直行して、民家を一軒建て増したり、舗装道路を延長したり、難しいところは執事に手伝ってもらいながら夢中になって〝日野宮箱庭鉄道〟の完成を目指しました。

開通式を迎えたのは、作りはじめて三か月めのことでした。

日野宮駅の一番線ホームにオハ31系客車を従えたC12形蒸気機関車を停めて、その前に紅白のテープを張りました。わたくしは腹ばいになって目線の高さを本物の鉄道を見るときと同じにしました。そして、いよいよコントロールボックスのつまみをゆっくりと捻ると、C12が紅白テープを切りながらシャーッと動きだすわけです。

その動きに合わせてわたくしは口で、ガッシュ、ガッシュ、ガッシュ、ガッシュと蒸気の音を出す。踏切の手前ではポーッという警笛音も口で鳴らして、さらにガッシュ、ガッシュ、ガッシュ、ガッシュという擬音とともにC12は街を抜けて、丘を越えて、トンネルを潜って、鉄橋を渡って、再び日野宮駅に戻ってきたところで慌ててポイントを切り替えると、ポイントに差し掛かったC12は大蛇《だいじゃ》がくねるように客車を牽引《けんいん》しながら進路を変えて二番線ホームに入っていく。

わたくしは運転士になって喚呼《かんこ》確認すると、またガッシュ、ガッシュと次第に速度を落としていって、やがて列車を停車させる。それと同時に今度は駅員になって、

「場内進行!」

「日野宮ーっ、日野宮ーっ」

と構内アナウンスを流す。

あのときほど嬉しかったことはなかったですね。何と表現したらいいのか、体の芯《しん》からゾクゾク震えるような昂揚《こうよう》した気持ちは、いまでも忘れられません。

それからというもの、よほどの雨でない限りは毎日、箱庭鉄道を運行させました。運転士になったり駅員になったり車掌になったり効果音係になったり、一人芝居で四役も五役も演じ分けながら没頭していると、瞬く間に一日が過ぎ去ったものでした。休みの日などは朝ごはんを食べてすぐに箱庭鉄道で遊びはじめて、気がついたらとっぷり日が暮れていた、ということも一度や二度ではありませんでした。

こういう話をすると、敗戦後の混乱期に苦労された方々からはお叱りを受けるかもしれません。

「我々は食うや食わずで生きるだけでも精一杯だったというのに、おまえはそんな優雅な遊びに耽《ふけ》っていたのか」

と非難されるかもしれません。

しかし、あえて誤解を恐れずに言ってしまえば、両親が不在がちな大きな家に一人ぽつんと置かれ、友だちも遠ざけられて育ったわたくしにとっては、食事や暮らしは安定していても心の中は不安定でした。執事をはじめとする周囲の大人たちは、もちろん優しく見守ってくれていましたが、それでもわたくしは満たされなかった。一言でいえば、寂しかった。

そんなわたくしの心を初めて満たしてくれたのが箱庭鉄道でした。箱庭鉄道で遊ぶ時間だけが唯一、寂しさを忘れさせてくれる夢のような時間だったのです。精神医学の世界には箱庭療法という心理療法があるそうですが、わたくしの場合はまさに箱庭鉄道によって心の平静がもたらされた。わたくしは箱庭鉄道に救われた、と言っても過言ではありません。

ただ、その夢のような時間は長くは続きませんでした。

それから一年後のある朝のことでしたが、ちょっと待ってください、ミキオさん、この話をする前にジントニックを一杯、お願いできますか。ホテルの部屋は乾燥しますね、喉《のど》が渇《かわ》いてきました。

いやありがとう。この歳になると、お酒もこれくらい軽い飲み口のものがちょうどいいんですよ。

ミキオさんも飲んでいますか？　ほう、お若いのに日本酒がお好きなんですか。お肉もしっかり食べてくださいよ。ここの仔羊肉はプロヴァンスの街で食べた味わいを思い出す滋味《じみ》深い旨《うま》みがあっておすすめなんです。

ほかのみなさんも召し上がっていますか？　昔話はもう少しで終わりますから、あとしばらくの辛抱《しんぼう》です。

さて、どこまでお話ししましたか。

そう、それから一年後のある朝の話でしたね。

あれは凍《こご》えるほど冷たい二月の初めのことでしたが、いま思い出してもあんな衝撃的な出来事はありませんでした。

その朝、わたくしが二階の自分の部屋で目覚めると、窓の下の裏庭からやけにうるさい物音が聞こえてきたのです。

何事かと思い、窓から裏庭を見下ろして仰天しました。作業服姿の十人ほどの大人たちがわたくしの箱庭鉄道に群がって、なんと線路を引き剝《は》がしたり鉄橋や民家を取り外したりしていたのです。

慌てて二階から駆け下りていくと、裏庭に出るドアの前で執事に止められました。

「坊ちゃま、申し訳ございません、あれは残念ながら取り壊さなければなりません」

そう言ってわたくしを押しとどめるのです。

泣きました。力の限り泣き叫びながら執事に飛びかかっていって抵抗しました。しかし、小学校高学年とはいえ、大人の力にはかないませんでした。

「堪《こら》えてください、いつの日かきっと仇《かたき》を討《う》って差し上げますから、どうか堪えてください」

執事はそう繰り返しながらわたくしを引きずるようにして二階の部屋に押し戻し、外から鍵を掛けてしまいました。

それから小一時間後でしたでしょうか、箱庭鉄道は廃墟《はいきょ》と化していました。引き剝がされた線路や鉄橋、駅舎などは執事がわたくしの部屋まで運んできてくれましたが、追い討ちをかけるように裏庭にブルドーザーが入ってきました。

鋼鉄のキャタピラで周囲の草や木を踏みつぶしながら廃墟となった箱庭鉄道に襲いかかると、まだトンネルの穴が残っている山を一気に押し潰しました。それからはものの十分でした。箱庭鉄道があった五坪ほどの土地は、ブルドーザーが何度か往復しただけで更地《さらち》にならされてしまい、その更地を足掛かりに作業員たちは残る雑木林の伐採《ばっさい》に取りかかりました。

十日後には、裏庭いっぱいに広がっていた雑木林が見事に姿を消して、まっさらな更地になっていました。千坪の雑木林といったらかなりの存在感があったものですが、いざ雑木や下草がそっくり取り払われてしまうと、こんなに狭かったのだろうかと驚くほど狭い土地に感じられました。

土地の周囲には柵《さく》が立てられ、もうわたくしが立ち入ることは許されませんでした。すべての作業が終わって重機が撤収《てっしゅう》され、作業員たちも立ち去った後になってから、わたくしは柵の外からがらんとした土地を呆然《ぼうぜん》と眺めたものでした。

あのときの気持ちを何と表現したらよいのでしょう。

あれ以来です。あれ以来、わたくしは、あんなに大好きだった鉄道模型で遊ぶことは二度とありませんでした。手製の列車もレールも駅舎も鉄橋も駅前商店街も、すべて執事に処分させて、それから今日まで鉄道に関する本や雑誌を見ることすらありませんでした。

ですから、わたくしは、その。

いや失礼しました。みなさんには関係のない感傷に引きずられて、ついこみ上げてしまいました。

ただ、その、なぜわたくしがこんな昔話をしたのかと言いますと、ひとつだけわかっていただきたいことがあるのです。

それは、わたくしが今回こしらえてほしい鉄道は、都内交通網の再整備であるとか旅客輸送の効率化であるとか都市生活者の動線改革による経済効果であるとかいったものとはまったく別次元の鉄道だということです。その手のことを目的とした事業は、高い税金を納めている国なり地方自治体なりに任せておけばいいのです。

実際、今回妹尾さんたちがプレゼンテーションしてくださったようなプランであれば、国や自治体御用達《ごようたし》のプロに頼めばいくらでも考えてくれることでしょう。いやそれどころか、新宿を周回する新交通システムなど、とうの昔に提案されているかもしれません。

ですから妹尾さん、餅《もち》は餅屋に任せておこうじゃないですか。わたくしがなぜこの仕事を素人のあなたに依頼したのか、その意味をいま一度、考えていただきたいのです。

最初にお会いしたとき、わたくしはこう申し上げました。

「太い二本のレールの上をがったんごっとんと走る鉄道をこしらえていただきたい」

あのときは、この表現でわたくしが考える鉄道のイメージがわかっていただけると思い込んでいたのですが、あの段階で今日のような話をしなかったのはわたくしの落ち度でした。予見にとらわれずに自由に発想してほしい、と願うあまりに舌足らずになってしまいました。申し訳ありません。

この点は心からお詫《わ》びしたうえで、妹尾さん、ここでもう一度、あなたに依頼させてください。

わたくしは、わたくしが失ったあの五坪の箱庭鉄道を、いま改めて東京という大舞台に展開させたいのです。そのためのプランをあなたに考えていただきたいのです。

もちろん、そうしてつくった鉄道が、結果的に旅客輸送の効率化やら経済効果やらにつながったとしたら、それはそれで喜ばしいことです。しかし、くどいようですが、そうしたことはあくまでも二義的なことにすぎないのです。

これでわたくしの思いをうまく伝えられたかどうか、まだ自信がありません。しかし、妹尾さんなら間違いなくわたくしの思いに応えてくださる。それだけは確信しています。こうした点を念頭に置いた上で、どうかぜひ、再度のプレゼンテーションをお願いします。

6

正月の三が日、おれは久しぶりに鮫島町のアパートで過ごした。いや正確には、鮫島町のアパートに引きこもっていた、と言ったほうが当たっているかもしれない。何をしていたわけでもない。ただひたすらテレビの前の炬燵に座って、くだらない正月番組をぼんやりと眺めていただけだ。

このところの正月は、若き日のジョン・マクラフリンのギターがガッンガッン弾けるマイルス・デイビスの『ビッチェズ・ブリュー』をループで鳴らし続けるのが恒例になっている。が、今年に限ってはマイルスはもちろんほかの音楽も一切聴かなかったし、本も雑誌もまるで読まなかったし、それどころか、めしですらほとんど食わなかった。

元旦はひどい二日酔いで水分以外のものを口にする気になれなかった。二日の朝になってさすがに何か食べたほうがいいと思って鮫島商店街のコンビニで弁当やカップ麵《めん》を大量に買い込んできたが、カップ麵を一つ食べただけでなぜか腹が一杯になってしまい、あとは結局、三日の朝まで何も食べずにぼんやりしていた。

何をする気力も湧かなかった。大晦日までの四か月間、頭も体もフル回転であれほど頑張れたというのに、頭も回らなければ体を動かすのもしんどかった。

「わかりました。再チャレンジさせてください」

あの大晦日のプレゼンの席で、最後はそう言って日野宮氏に頭を下げた。日野宮氏の長い長い独白を聞いて、おれが考えていたことと日野宮氏が考えていたことのベクトルがまったく異なっていたことがよくわかったからだ。

日野宮家とはまるでスケールが違うけれど、おれも相続税の支払いに困って泣く泣く土地を切り売りした経験がある。だから日野宮氏が感じた理不尽な思いは多少ともわからないではないが、ただ日野宮氏の場合、何も知らない子どもの頃に大切な箱庭鉄道を踏みにじられたのだから、子ども心に受けた衝撃は計り知れないものがあったのだと思う。

その意味では、経済効果の新宿路線案より地元住民の愛着に寄せた世田谷路線案をプレゼンしたほうがよかったかもしれないと最初は思った。が、日野宮氏の独白をすべて聞き終えたときには、世田谷路線案でもだめだと悟《さと》った。日野宮氏の思いに応える鉄道には、経済効果も愛着も飛び越えた何かがなければならない、とわかったからだ。

ところが、ではそれはいったい何なのか、と考えはじめると、わからなくなる。新宿路線案も世田谷路線案も超越した何かとは何だろう。考えれば考えるほどわからなくなった。

「今日のところは、鉄道の話はここまでにしましょう。せっかくの大晦日ですから、来る年の飛躍を祈って大いに盛り上がろうじゃないですか」

日野宮氏の提案で、それからは宴会モードになってしまい、それ以上、企画の話はできなかった。そして気がつくと日野宮氏はスイートルームから姿を消していて、再チャレンジしますと宣言したものの何の勝算もないおれはやけくそで飲んで、騒いで、歌って、ぼやいて、最後はミキオに担がれてタクシーに押し込まれて鮫島町のアパートに送り届けられた。

プレゼンに失敗した痛手と疲労のピークが重なったところに大酒を食らったものだから、宴の途中からの記憶は途切れ途切れにしかない。ただ、ひとつだけ、酔いにまかせて日野宮氏に、

「なぜぼくだったんですか？」

と聞いたことは覚えている。日野宮氏にとってこれほど思い入れの深い鉄道の企画を、なぜわざわざおれなんかに任せたのか。そもそもどこでどうやっておれを見初《みそ》めたのか。それがずっと心の隅に引っかかっていたからだ。

しかし、日野宮氏は答えてくれなかった。

「そういう話は、すべてが終わってからにしましょう」

と微笑むだけで何も答えてくれなかった。早い話が、楽屋話は幕が閉じてからするものだ、いまはまだ幕が開けられるかどうかもわからないじゃないか、と言いたかったのだろ

う。

まいったなあ。

おれはテレビを消すと、ごろりと横になった。

正月も三日の夕方になると、さすがに焦《あせ》る気持ちが湧き上がってきた。鉄プラのメンバーには明日から仕事始めと言い渡してある。再チャレンジを約束したリーダーとしては、明日一番のミーティングでつぎの方向性を示さなければならない。そして新たな方向に向けて一斉に突っ走らなければ工期的にも間に合わなくなる。なのに頭の中のどこをどうひねくり回しても何も出てこない。つぎの方向性どころか、どこからどう手をつけたらいいのかすら見当がつかない。

このまま逃げてしまおうか。

ふと思った。いまここですべてを放り出せたらどんなに楽になることだろう。

たとえばいまから成田《なりた》空港に行って、韓国だろうがロシアだろうがトルコだろうが行き先はどこでもいいからすぐ買えるチケットを買って海外に高飛びするというのはどうだろう。あるいは横浜の港に行って停泊している客船に飛び乗って、あてのない航海に出てしまう手もある。うん、それもありかもしれない。

ごろりと寝転んだまま後ろ向きのことばかり考えていると、玄関チャイムが鳴った。

だれだろう。正月早々、アパートの住人が下水でも詰まらせたのだろうか。のっそり起

き上がって玄関ドアを開けると、

「賀正！」

一升瓶《いっしょうびん》を抱えたミキオが立っていた。

「どうしたんですか、セーノさんにしちゃめずらしく音楽もかけないで」

炬燵の向かいに背中を丸めて座ったミキオが改めて驚いている。風呂にもろくに入らずぼさぼさ頭に無精髭《ぶしょうひげ》にまみれているおれが、かなり奇妙に見えるらしい。

おれは苦笑いしながらコップを二つ持ってきた。そのコップにミキオが持参した菊盛《きくざかり》の純米酒を注いでくれて、ではでは、と二人で乾杯した。なみなみと注がれた冷や酒をゆっくりと口に含んだ。さらりとしていながら旨みのある酒だった。この正月、ほとんど食べ物を与えられていない胃袋に向けてするするとしみ渡っていく。

「うまいなあ。あれからずっとへこんでたもんだから、酒は三日ぶりでさ」

おれはまた炬燵から立ち上がると、ひさしぶりにCDコンポの電源を入れて連奏カートリッジにマイルス・デイビスの『ビッチェズ・ブリュー』二枚組をセットした。

「ミキオは正月、どうしてたんだ？」

「正月は毎年、花園ですよ。元旦、三日と観戦して、さっき東京に帰ってきたところなんです。これ、551蓬莱《ほうらい》の豚まん」

関西地区でしか買えないという豚まんを取りだすと、電子レンジ、借ります、と炬燵の部屋の向かいにある台所に立った。

花園とはもちろん、東大阪の花園ラグビー場で毎年開催されている全国高校ラグビー大会のことだ。怪我《けが》で挫折《ざせつ》して六年経ったけれど、いまだに後輩たちの活躍が気になって観に行かずにはいられないのだという。

「ミキオはえらいな。おれがミキオだったら観るのも嫌かもしれない」

「ぼくだって最初はつらかったですよ。怪我さえしなければあそこに立てたのにって思うと、後輩たちに嫉妬《しっと》したりして」

電子レンジの前で頭を掻《か》いている。

「だけど、いまはもう立ち直ってるんだろ？」

「立ち直ってなんかいないすよ。挫折は挫折として、いまも心の中にしっかりこびりついてるし、日野宮さんが七十代のいままで子どもの頃の挫折を引きずってたみたいに、ぼくも一生引きずっていく気がします」

「やっぱそういうものなんだ」

「そりゃそうですよ。ただ、ひとつ日野宮さんがすごいのは、単に引きずってただけじゃなくて当時の夢をもう一度実現させようとしてるとこですよね」

「子どものときに失った箱庭鉄道を四百億円かけて東京につくっちゃおうっていうんだも

んなあ」

「東京に帰ってくる新幹線の中でもずっと考えてたんですけど、ぼくの場合も高校生の選手として花園に立つ夢はもう叶えられない。でも将来的に自分のラグビーチームを率いて花園に立つことならできるかもしれないって」

「自分のチームを育てることで花園という舞台に立つ夢を叶えられると」

「日野宮さんがいまやっていることって、まさにそれじゃないですか。ぼくたちは、日野宮さんの箱庭鉄道の夢を東京という舞台で叶えるチームの選手みたいなもんですからね。その意味で、大晦日の話には正直、教えられた気がしました。挫折を思い出にしちゃいけないんだって」

しみじみ言うと、電子レンジから温まった豚まんをとりだして炬燵に戻ってきた。おれは湯気の立つ豚まんを横目に冷や酒を喉に流し込んでから、ただなあ、と吐息《といき》をついた。

「ただ困ったことに、夢を叶えるチームのリーダーを任された男は、これからどうやってチームを率いていったらいいかわからなくなっているんだ」

いまの心境を正直に打ち明けた。するとミキオは意外そうな顔をした。

「べつに困ることなんかないじゃないですか。去年、セーノさんがやったことは間違ってなかったと思うし、これからも去年やったことをちょっと軌道修正するだけで大丈夫だと思うんですけど」

「そんな簡単なものかな」

「そんな簡単なものですよ」

「じゃあミキオは日野宮さんの〝箱庭鉄道の夢〟って何だと思う？」

「それは」

そこでミキオは言葉に詰まった。

「改めてこう聞かれると、うまく答えられないだろ？」

「まあなんていうか、日野宮さんが裏庭につくったものと同じものをつくるっていう意味じゃないことはわかりますけど」

「それはそうだ」

おれが笑うと、ミキオも照れ笑いしながらおれと自分のコップに酒を注ぎ足した。

結局、そこがポイントなのだ。おれたちは日野宮氏の箱庭鉄道の夢をどう昇華《しょうか》してコンセプトに落とし込めばいいのか、すべてはそこにかかっている。ミキオが言った例で言えば、どんなチームをつくれば花園に行けるのか、そのコンセプトさえ明確になれば、その後のチームの鍛《きた》え方や指導方法はすでにわかっている。ミキオが言うように去年やったことと同じ流れでやればいいだけなのだ。ところが、その肝心のコンセプトをどうすればいいか考えはじめると、雲を摑《つか》むようなものでわけがわからなくなる。

CDコンポが『ビッチェズ・ブリュー』の二枚目の二曲目、「ジョン・マクラフリン」

を鳴らしはじめた。ギタリストの名前がそのまま曲名になっているめずらしい曲だが、マクラフリンのチョーキングが何度聴いても奇天烈《きてれつ》な味があってかっこいい。この曲に限らず、こんなすごいアルバムが発売当時は「こんなものはジャズじゃない」と物議を醸《かも》したというのだから固定観念というものは恐ろしい。ジャズとはこういうものである、と決めつけた瞬間に音楽の本質が見えなくなってしまう恐ろしさ。

ひょっとしたらおれも、鉄道というものを固定観念で捉えているから壁に突き当たってしまったんだろうか。そんなことを考えながらミキオが注いでくれた酒を口に含んだ。

するとしばらくコップを手に視線を宙に泳がせていたミキオが、

「ショーじゃないですかね」

ぽつりと言った。

「ショー？」

おれが問い返すと、ミキオはコップの酒を飲み下してから身を乗りだした。

「大晦日に日野宮さんが語ってくれた話の中で、ぼくが一番印象的だったのは箱庭鉄道の開通式なんですね。開通テープを切って走りだした汽車を、日野宮さんは腹ばいになってガッシュ、ガッシュ、ガッシュと口で音を出しながら見守っていた。汽車が日野宮駅に着くと駅員になって、日野宮ーっ、日野宮ーっと構内アナウンスを流して、またガッシュ、ガッシュと発進させて、踏切の手前ではポーッと警笛音も鳴らす。そんな一人芝居で四役も五役も演じ分けながら箱庭鉄道の運行に没頭していると、体の芯がゾクゾク震えるほど感動して瞬く間に一日が過ぎた、そう言ってましたよね」

確認するようにおれの目を見る。おれがうなずくと、

「あれは日野宮さんにとってショーだったんじゃないかと思うんです。日野宮さんにとっての鉄道は、人や荷物を大量に運ぶとか街の活性化を図る基点だとか、そういう何かの目的のための道具ではなくて、鉄道そのものがショーだったんじゃないかと思うんです」

「ショーねえ」

今度はおれが視線を宙にやった。

日野宮さんにとって鉄道とはショー。言われてみれば、おれには思いつけなかった新しい切り口だった。ただ、新しい切り口ではあるけれど、それをどのように咀嚼《そしゃく》してかたちにすればいいのか、と考えると具体的なかたちがイメージできない。イメージを具体化できないアイディアは、いいアイディアとはいえない。会社勤めのころ、よく上司から言われた言葉を思い出した。

「考え方としてはおもしろいと思うんだけど、実現性はどうだろうなあ」

そう言って唸るなり、おれはコップに残っている酒をひと息に飲み干した。

翌朝。

ずしりと重い二日酔いの頭を抱えてオフィスに飛び込んだ途端、リエに怒られた。

「何やってたのよ、何度も電話したのに」

何やってたと言われても爆睡《ばくすい》していたとしか言いようがない。

昨夜はあれからミキオと二人で真夜中まで飲み続けて、くだらない馬鹿話に花を咲かせて盛り上がったところまでは覚えているのだが、その後の記憶はぷっつりと途切れている。気がついたときには朝の十時半になっていて、空っぽの酒瓶が転がっている炬燵の部屋にミキオはいなかった。

やばっ、と泡《あわ》を食ってシャワーを浴びてジーンズにジャンパーを羽織ってアパートを飛びだした。携帯電話には山ほど会社からの着信があったが、とても電話する気にならず、無視して鞠母坂を駆け下りて鮫島商店街でタクシーをつかまえてすっ飛んできたのだが、到着したときには十一時を回っていた。

オフィスにはすでにリエ、徳さん、ひろみに加えて、真夜中まで一緒に飲んでいたミキオまでがきちんとスーツを着て出社していた。しまった、新年初出勤はスーツという約束だった、と思い出したものの後の祭り。

「すこしはリーダーの自覚ってものを持ってよ。午前九時にはちゃんと全員揃ってたんだからね。おまけに普段着で無精髭まで生やして、十二時に来てくれって言われてるのにどうするつもりよ」

「十二時って、日野宮さんに呼ばれたのか?」

「違う、西都急行」

「西都急行?」

「朝イチで電話がかかってきたの。妹尾さんにぜひご挨拶したいって」

「また急だなあ」

「新年の挨拶に急も何もないでしょ。今後のこともあるから顔合わせしておきたいんだと思う。すぐ出掛けるから髭剃《そ》ってミキオのスーツ借りて着替えて」

急《せ》かされるままに十分後には元ラガーマンのぶかぶかのスーツを着てタクシーに飛び乗った。セーノひとりじゃ心配だから、とリエも介添《かいぞ》え人としてついてきた。

西都急行の本社は池袋にあるという。サンシャインビルに程近い十五階建てのビルで、普段なら明治通りを辿って四十分もあれば着く距離だった。ところが今日は新年の初出勤日とあって挨拶に飛びまわっている車が溢れ返っていた。だらだらと続く渋滞に巻き込まれて、ようやく到着したのはそれから五十分後だった。

約束の時間から十五分遅れで受付に辿り着いて名乗ると、ほどなくして首からIDカードをぶら下げた眼鏡《めがね》の中年男がエレベーターで降りてきた。

「神崎《かんざき》と申します」

受付の前でそそくさと名刺を交わすと、秘書課の課長だった。

「さっそくですが時間がございませんので」

苛ついた面持ちで告げられて、すいません、と頭を下げながらエレベーターに乗ると、神崎課長は最上階のボタンを押した。

いきなり社長に会わせられるのだろうか。

緊張しながら最上階まで上がると、すぐ脇にある階段に導かれた。屋上に行くつもりらしい。どういうことだ？　とリエと顔を見合わせていると、神崎課長が屋上に出るドアを開けて、さあ早く、と促す。わけがわからないまま屋上に出ると、そこにはヘリコプターが待機していた。屋上全体が大きなヘリポートになっていたのだ。

びっくりして立ちすくんでいると、不意にエンジンの始動音が響き渡り、回転翼が回りはじめた。

神崎課長が腰を屈めながらヘリコプターに駆け寄った。操縦席の後ろにあるスライド式のドアを引き開けると、早く乗って、と手招きしている。プロペラの風に煽られながら同じように腰を屈めて駆け寄り、まずリエを乗せてから乗り込んだ。キャビンの中は思ったより広く、パイロットを含めて八人乗れる造りになっていた。戸惑いながらもおれとリエがシートに腰を下ろすと、続いて神崎課長も乗り込んできてスライドドアを閉め、

「安全ベルトを締めてください」

と指示された。

もそもそとベルトを締めた。ほどなくしてヘリのエンジン音が高まった。どこに連れていかれるんだろう。不安に駆られていると、ふわりと機体が浮きあがった。

ヘリはそのまま上空に吸い上げられるように舞い上がり、西都急行本社の屋上ヘリポートがみるみる小さくなっていく。

初めて見る光景だった。池袋の街が俯瞰《ふかん》でどんどん拡《ひろ》がっていき、前方に目を移すと高層ビルが林立する新宿新都心が見える。その遥《はる》か先には富士山も望める。きれいだと思った。くっきりと晴れ上がった冬空のもとに白い雪帽子を被《かぶ》った日本の霊峰《れいほう》が輝いている。

ヘリは上昇しながら機体を前方に傾けたと思うと、その富士山の方角に向かって進みはじめた。

「グーグル・アースよりリアルだね」

隣に座っているリエが言った。

「そりゃそうだろう」

おれは笑った。が、おれたちの斜め前の席に座っている神崎課長は、聞こえているのかいないのか、にこりともせずに何やら書類に見入っている。

ほどなくしてヘリは上昇をやめて水平飛行に移った。眼下には東京の街が一望できた。

おれは窓ガラスに顔を押しつけて、ミニチュアのようにどこまでも続く街並みに目を凝らした。ビルの谷間を山手線の電車が走っている。長い車両が蛇《へび》のごとくくねりながら駅に滑《すべ》り込んでいく。

「日野宮さんの箱庭鉄道もこんなだったのかな」

同じように街を見下ろしているリエが言った。おれは黙っていた。いまはそのことは考えたくなかった。するとリエが身を乗りだして斜め前の神崎課長に声をかけた。

「どこまで行くんでしょうか」

神崎課長が書類から目を上げると、

「代表の筒井にお会いいただきます」

事務的な声で答えた。

「筒井さんって、あの筒井さんですか？」

リエが問い返すと、神崎課長は黙ってうなずいてから、

「四、五十分で着きますので、もうしばらくご辛抱ください」

そう告げると、それ以上の質問を拒絶するように再び書類に目を落とした。

「あたしたち、筒井善則《よしのり》に会うみたい」

リエがおれの耳元に顔を寄せて耳打ちしてきた。警戒を滲《にじ》ませた声だった。

「だれ？」

おれもリエの耳元に近づいて言った。

「やだ、知らないの？　西都急行グループの創始者、筒井由次郎の息子で、いまのオーナ

ーだよ。アメリカの雑誌が毎年発表してる世界の長者番付に載ったこともあるんだから」

そう言われてやっとリエが警戒する気持ちがわかった。そんな御大《おんたい》がわざわざヘリを飛ばしておれたちを呼びつけたのだ。単なる新年のご挨拶のわけがない。

しかし考えたところでどうなるものでもない。ヘリは飛び立ってしまったのだ。鉄道計画はいまだに白紙のままなわけだし、今日のところは世界的な金持ちの顔を拝むだけ拝んで帰ってくるほかないだろう。

神崎課長が再び振り返ったのは、それから二十分ほど経ってからだった。

「まもなく着陸いたします」

ヘリは早くも伊豆《いず》半島の上空にいた。横浜から小田原《おだわら》を通過して箱根《はこね》山に達する手前からゆっくりと左に旋回して、洋梨型に突き出した伊豆半島を南に向かって縦走。いまはちょうど天城《あまぎ》高原を見下ろすあたりにいる。

「セーノ、ネクタイ」

リエに肘《ひじ》で突かれて、ゆるめていたネクタイを締め直した。

天城高原を通り抜けたヘリは半島の突端が近づいてきたところで高度を落としはじめた。鬱蒼《うっそう》と茂った樹林に覆われた山々の先に、緑の山肌を髭剃りで縦に横に斜めに幾筋も削り落としたような斜面が見えてきた。南伊豆の山間に拓かれたゴルフ場。おそらくは西都急行グループが経営しているのだろう。

「すごいね、ゴルフ場つきの豪華リゾートで接待してくれるつもりかも」

リエが耳打ちしてきた。すごいねと言いながら眉間《みけん》にしわを寄せている。おれは黙って肩をすくめた。

ヘリはさらに高度を下げていき、やがてゴルフ場のクラブハウスが見えてきた。その隣にはリゾートホテルらしき横に細長い建物が鎮座《ちんざ》していて、前方に広がる太平洋の大海原《おおうなばら》を見下ろしている。

ヘリポートは見当たらなかった。どこに着陸するのかと思っていると、神崎課長が携帯電話でだれかと連絡をとるなり、パイロットに何事か指示した。パイロットは黙ってうなずくと、さらに高度を下げながらヘリを右前方に延びているフェアウェイに向けて旋回させた。左にドッグレッグしたそのフェアウェイの先には旗を翻《ひるがえ》したポールが立つグリーンがあり、この寒空の中、五、六人のゴルファーがキャディーを従えてプレイしている。

「こんなところに降りちゃうの？」

リエが不安そうな声をだした。

「まさか」

おれがそう言って笑ったのと同時に、ヘリはフェアウェイのど真ん中の空中にホバリングで停止してからゆっくりと下降しはじめ、芝生《しばふ》の上にふわりと着陸した。

まさか本当にフェアウェイに着陸するとは思わなかった。驚いていると、神崎課長がスライドドアを開けてヘリから降り、さあ、と目顔で促す。仕方なくおれたちも芝生の上に降り立つと、神崎課長はグリーンに向かって歩きはじめた。

リエがハイヒールを脱いでいる。ヒールが芝生に刺さって歩きにくいらしく、きゃっ、冷たい、と言いながらハイヒールとハンドバッグを手に神崎課長の後に続く。

グリーンの近くまできたところで神崎課長が足をとめた。グリーンの上では初老の男がパッティングしようとしていた。ゴルフ焼けした角ばった顔にゴルフ帽を被った初老男は、ピンから五メートルほど離れた場所にあるボールを打とうとしていた。周囲には同じような垢抜《あかぬ》けないゴルフウェア姿の中年男四人とキャディーのおばちゃんがいて、二度三度と素振りを繰り返している初老男を見守っている。

この男が西都急行のオーナー、筒井善則らしかった。思ったより小柄で貧相《ひんそう》な男だな、と思いながら見ていると、筒井がパターをふるってパッティングした。それはゴルフなどろくに知らないおれの目から見ても下手くそなパッティングで、案の定、ボールはあさっての方角に転がっていった。ピンからはまだ二メートルほど離れている。

ところが、つぎの瞬間、周囲の中年男たちが一斉に、

「ナイショッ！　オッケー！」

と声を上げた。え？　と思って見ていると、筒井は二メートルも離れているボールを平

然と拾い上げ、

「パーだな」

と独りごつなり、ボールとパターをキャディーのおばちゃんに向けて投げた。

その瞬間を狙《ねら》いすましたように神崎課長が筒井善則に駆け寄って何事か耳打ちした。筒井善則はちらりとおれたちに視線を投げてから鷹揚《おうよう》にうなずいた。神崎課長は恐縮したようすで頭を下げると、早くきなさい、と手をひらひらさせておれたちを呼ぶ。

おれとリエは神妙な顔で筒井善則に歩み寄り、自己紹介した。しかし、筒井善則は挨拶を返すことなくそっぽを向いたまま甲高《かんだか》い声で言った。

「素人には無理だ」

意味がわからなかった。ひょっとしたら神崎課長に言ったのかもしれない、と思って黙っていると、

「うちで働きたきゃ働いてもいいぞ」

とたたみかけてきた。ますます意味がわからなくて、

「は？」

小首をかしげると、筒井善則の傍《かたわ》らにいる神崎課長が苛ついた声で言った。

「プランニングはうちにまかせなさい、そうすれば西都の社員にしてもいい、とオーナーはおっしゃっておられるんだ」

おれはリエと顔を見合わせた。どういうことだろう。リエも戸惑いを隠せないでいる。

「それは、日野宮さんのご意向ですか？」

慎重に問い返した。すると、それが気に障ったのか、

「プランニングはまかせなさい、西都の社員にしてもいい、とオーナーがおっしゃっておられる！」

神崎課長が威嚇《いかく》するように繰り返した。

それでようやく理解できた。つまり筒井善則は、おれが日野宮氏から依頼された鉄道のプランニングを、日野宮氏の意向とは関係なく西都急行にまかせろと迫っているのだった。ひょっとしたらプレゼンが却下されたことも知っているのかもしれない。それを承知で、どうせ仕事ほしさに請け負って困ってるんだろうから、見返りに社員にしてやるよ、と餌《えさ》をぶらさげたつもりでいるらしかった。

何様のつもりだ、と腹が立った。早い話がおれ様のつもりなんだろうが、新年早々、わざわざ自分のゴルフ場に呼びつけて、ジャイアンがのび太にオモチャをよこせと迫るような真似をするとは呆れた話だった。

おれはひとつ深呼吸した。なめられてたまるかと思った。西都急行オーナーのお声がかりとあらば、だれでも尾っぽを振ると思ったら大間違いだ。

「請け負った仕事を途中で放りだすような真似はできません」

気がつくとそう言い放っていた。筒井善則から食ってかかられると覚悟して身構えた。ところが筒井善則は、おれのことなど眼中にないかのように神崎課長に向き直ると、

「無駄にヘリを飛ばすなといつも言ってるだろう」

抑揚《よくよう》のない声で告げた。神崎課長はびくりと身を震わせ、申し訳ございません、と怯《おび》えた顔で頭を下げた。が、筒井善則は部下の謝罪など気にもとめないようすで、

「帰るぞ」

ぼそりと呟くなりカートのほうへすたすた歩きだした。神崎課長が弾かれたように駆けだすと、筒井善則より先にカートに飛び乗ってハンドルを握った。

筒井善則が乗り込むと同時にカートが発進した。一緒にゴルフをやっていた四人の男たちも泡を食って二台のカートに分乗して後を追った。三台のカートはコースを逆走してヘリが待機しているフェアウェイに向かって走っていく。

三台のカートがヘリのそばに到着した。筒井善則と部下たちがヘリに乗り込んでいく。すかさずヘリのエンジン音が高まったと思うと、ふわりと機体がフェアウェイから浮き上がる。そして空中でいったんホバリングしてさっき飛んできた方角に機首を向けると、そのまま一気に加速して青空の彼方《かなた》に飛び去っていった。

あっけないものだった。おれたちがゴルフ場に飛来してまだ十分と経たない間の出来事だった。

キャディーのおばちゃんが、男たちが残していったゴルフクラブをキャリーに積んで引き揚げはじめた。こうしたことには慣れっこなのだろうか、さほど驚いているふうもない。

だが、おれに残されたものはゴルフクラブよりはるかに重かった。咄嗟《とっさ》の感情で啖呵《たんか》を切ってしまったが、改めて冷静に考えてみると、こうなったからにはもはや鉄道建設に西都急行グループの支援は得られないだろう。といって、あの場面で筒井善則に媚《こ》びる選択肢もおれの中にはなかった。

やっかいなことになった。

思わず天を仰いだ。思いもかけない展開に途方に暮れていると、

「帰ろっか」

リエが呟くなり、あーあ、と大きな伸びをした。

南伊豆カンツリー倶楽部《くらぶ》の最寄駅、伊豆急下田《いずきゅうしもだ》駅までタクシーで四十分ほどかかった。あんな人里離れたゴルフ場に放りだされたというのに、その後、西都急行サイドからのフォローは何ひとつなく、仕方なく自腹を切った。

伊豆急下田駅に着いたところで駅前ロータリーにあった網元料理の店に入って遅い昼めしを食った。

金目鯛や地魚の刺身が盛り込まれた磯定食で人心地がついたところで、午後三時過ぎ、伊豆急行の特急に乗った。これで熱海《あたみ》まで行って、熱海で東海道新幹線のこだまに乗り換えて東京に到着するのは午後六時頃。ヘリなら四、五十分の距離が、グリーンから歩きだしたときから合わせると四時間半もかかる計算だ。

「あれでよかったのかなあ」

電車が発車したところでおれは言った。タクシーの中でも昼めしを食べているときも、二人とも憮然《ぶぜん》とした気分のままろくに話もしなかったのだが、ようやく忌《い》まわしい時間を振り返る余裕が生まれた。

「べつに気にすることないよ」

リエはまったく意に介していなかった。

「けど、今後の進行に影響が出るかもしれない」

鉄プラのリーダーとして、もっと違う対応の仕方もあったのではないか、という思いが拭い去れなかった。

「あれで正解だって。あたしがセーノでもおんなじように突っぱねてたと思う。だって、ほんとに失礼なやつだったじゃない。世界の長者番付なんかに載るようになっちゃうと、おれがひと声かければ何でも思いのままだって思い込んじゃうんだろうね。ああいうやつには、あんたの思いのままにならない人間だっているんだってことを思い知らせてやらなきゃ」

「それはそうだけど、そんなやつだからこそ、鉄道建設工事は請け負わないって言いだしかねないし」

「それはそれ、これはこれだよ。どっちにしても日野宮さんを裏切るような真似はしなかったんだから、仮に建設工事を断わられたとしても日野宮さんはガタガタ言う人じゃないと思う。あたしたちはあたしたちの仕事を頑張ればそれでいいのよ」

そう言われて、ちょっとだけ気が楽になった。

確かにリエの言う通りかもしれない。おれとしては日野宮氏から与えられた再プレゼンの課題をクリアすべく頑張ればいいだけの話で、その後のことはその後のこととして割り切るべきなのかもしれない。

「そう、だからもう今日のことは忘れて再プレゼンに全力投球すればいいんだよ」

リエは励《はげ》ますように言うと、はい、元気の素《もと》、とハンドバッグの中からウイスキーのポケット瓶を取りだした。さっき伊豆急下田駅の売店で買ったらしい。

「ただ問題は、どう全力投球したらいいか、なんだよなあ」

ポケット瓶に直接口をつけてウイスキーを喉に流し込み、食道がカッと熱くなるのを覚えながら車窓に広がる伊豆の海を見やった。

「そんな弱気なことでどうすんのよ。時間の制約とかスケジュールのこととか、そんなことは忘れたほうがいいよ」

「いや、それもあるけど、一番の問題は再プレゼンに向けた方向性がいまだに見えてこないことでさ。正直、完全に壁に突き当たってる」

「何言ってんのよ、あたし的には、ますますおもしろくなってきたと思うけど」

「また他人事《ひとごと》みたいに」

「そうじゃないよ。南伊豆なんかに連れてこられなかったら今日のミーティングで話そうと思ってたんだけど、あたし、日野宮さんの話を聞いて一番思ったのは、あたしたちの役目は鉄道をつくることじゃないってことなんだよね」

「鉄道をつくらなくて何をつくるんだよ」

「遊園地」

　リエが即答した。

「子どもの頃の日野宮さんにとって箱庭鉄道は遊園地だったのよ。だから大人になった日野宮さんは、東京という遊園地に鉄道というアトラクションをつくりたくなったわけ」

「遊園地ねえ」

「今日、ヘリコプターから東京の街を眺めたときも、間違いないって確信したの。あたしたちは、どんな鉄道をつくるかじゃなくて、どんな鉄道アトラクションをつくるか考えればいいわけ。そう思うと、なんだか楽しくなってこない？」

そのとき、電車がトンネルに入った。伊豆急はやたらとトンネルが多い。黒いスクリーンと化した車窓に映るリエの顔を眺めながら、いま言われた言葉を反芻《はんすう》した。

「その考え方って、ミキオが言ってたことに通じるかもしれないな。実は昨日、おれのアパートで飲んだんだけど」

「それで遅刻したんだ。ミキオはちゃんと時間通りに来たのに」

「それはもう勘弁してくれよ」

「で、ミキオは何て言ったわけ？」

リエが笑いながら話を戻した。

「日野宮さんにとって鉄道はショーだって」

「ショーか。ミキオもうまい表現するね」

リエは感心すると、おれからポケット瓶を取り上げる。おれと同じように瓶に直接口をつけてウイスキーを流し込み、ふう、と小さく息をついてから、そうか、わかった、と声を上げた。

「ショーって言われて閃《ひらめ》いたんだけど、日野宮さんが求めてるものは遊園地は遊園地でもディズニーランドなのよ。あそこで働いてるアルバイトが最初に言われることって知ってる？」

「さあ」

「学生時代にディズニーランドでバイトしてた友だちから聞いたことがあるんだけど、あそこはバイトにも研修があって、そのときに『あなたはアルバイトではなくキャストです』って言われるんだって」

キャストとは出演者のこと。つまりミッキーやドナルドの着ぐるみに入る人間はもちろん、アトラクションの操作係から売店の売り子から場内の清掃係から駐車場の整理係に至るまで、園内で働く人間はすべて「ディズニーランドという舞台の上で、訪れた観客を夢の国の主役にしてあげるために演じる出演者なのです」と教育される。

「早い話が『ディズニーランドという存在そのものがショーだ』ってことよね。このコンセプトを思いついたウォルト・ディズニーって人はすごいと思う」

おれもそれは聞いたことがある。

従来型の遊園地は、ただ単にメリーゴーランドがあります、ジェットコースターがあります、３Ｄマシンがあります、とアトラクションそのものの面白さだけで勝負してきた。ところがディズニーランドにとってメリーゴーランドもジェットコースターも３Ｄマシンも、あくまでも、夢の国を演出しているショーの一要素にすぎない。そして、この発想の転換によって遊園地としては他に類を見ない成功を収めることができた。

「つまり鉄プラの仕事は、東京っていう夢の舞台を演出するためのエンターテインメント性たっぷりのアトラクションをつくることなのよ」

ますますむずかしいことになってきた。

「それってたとえばお猿の電車の大きいやつじゃだめなの？」

「だめだよ」

リエは声を上げて笑うと、再びウイスキーのポケット瓶を手にしてごくりと飲み下した。

結局、仕事の話はそこまでだった。車内販売のおねえさんがやってきたことから、追加の酒とおつまみも買い込んでしまい、あとはもういつものような酒飲み話に突入。いつものようにぐだぐだになってしまった。

午後六時過ぎ、すっかりいい気分になって東京駅の新幹線の改札を出た。在来線につながる通路は帰宅を急ぐサラリーマンで溢れ返っていた。この時間帯に酔っ払ってふらふら歩いているのはおれたち二人ぐらいのもので、周囲からは、なんだこいつら視線が飛んでくる。

念のため、鉄プラの事務所に電話を入れてみた。伊豆急下田の駅から一度電話を入れて、今日は上がってくれと伝えてあったこともあって、当然ながらだれも出なかった。

「明日からまた頑張ろう」

構内の雑踏でリエに別れを告げると、リエがふと足を止めておれに向き直った。

「かっこよかったよ」

「何が？」

　思わず聞き返すと、

「筒井善則を突っぱねたとき」

　そう言うなりおれに抱きつき、いきなり唇を重ねてきた。行きかうサラリーマンの目が気になって慌てて身を引くと、リエは唇を離してにっこり笑い、

「明日は遅刻しちゃだめだよ」

　くるりと身を翻《ひるがえ》すと雑踏の中に消えていった。

7

翌日、午前九時十五分前には鉄プラのオフィスに到着した。

昨日はあのまま帰宅して、飲み直そうと缶ビールを開けて一口二口飲んだところで炬燵で寝入ってしまい、疲れていたのだろう、気がつくと朝の六時になっていた。それから風呂を沸かして入ったり、カップラーメンを啜《すす》ったりしてから、余裕を持って会社に出勤してドアを開けた。

「おはようございます」

みんなから一斉に挨拶された。今日もまたおれが最後の出社で、早くも全員が顔を揃えている。

「今日は遅刻じゃないぞ」

慌てて弁明すると、

「わかってますって。九時過ぎには出発しますからコーヒーでもどうぞ」

ひろみが湯気が立ち昇るカップを差しだした。

「また西都急行から何か？」

驚いて聞き返すと、違いますよ、とひろみが笑って、

「徳さんの提案で移動会議をやることになりました。昨日、オフィスに残った三人でいろいろ話し合ったんですけど、心機一転、新しいことを考えるには気分を変えなきゃってことになって。けど実際、最近の脳科学の研究によると、空間刺激といって、人は空間を移動するだけで脳の海馬《かいば》が刺激されて活性化するらしいんですよね」

得意のミニ知識を披露してくれた。徳さんとミキオも、黙ってついてきてください、とばかりに、にこにこしている。

リエは応接ソファで新聞を広げていた。ちょっと照れくさかったが、

「おれたち、またどこかに連れていかれるみたいだな」

と声をかけると、リエは紙面に目を落としたまま、

「確かにここでぐじぐじ考えてるよりいいかもね」

昨日の東京駅での出来事など忘れたようなそっけない返事だった。

せっかくのコーヒーを半分も啜らないうちにオフィスを出発することになった。すぐにつかまったタクシーに分乗して連れていかれた先は早稲田《わせだ》だった。

あの早稲田大学がある早稲田。しかし、タクシーはその校門前を素通りして、大隈《おおくま》通り商店街という看板が掲げられた狭い路地に入っていった。この時期はまだ冬休みとあって麻雀《マージャン》荘、定食屋、洋食屋などが軒《のき》を連ねている学生街に人影はまばらだったが、狭い路

地を抜けて再び大通りに出たところで、ここに連れられてきた意図がようやくわかった。

大通りの先には都電《とでん》の駅があった。

ここが始発駅らしく、大通りを遮《さえぎ》るように「早稲田」と駅名を掲げた屋根つきの低いホームが左右に一本ずつ。その合間に二本のレールが敷かれていて緑と白のツートンカラーに塗装された電車が停まっていた。いわゆるチンチン電車と呼ばれる一両こっきりの路面電車で、屋根には、くの字形のパンタグラフがついている。

ホームに改札はなかった。タクシーを降りてそのままホームに上がると、電車にはワンマンと表示してあり、前扉の運転席の運賃箱にお金を入れて乗って後ろ扉から降りる方式になっていた。運賃は一律《いちりつ》大人百六十円、子ども八十円。降りるときはワンマンバスのようにボタンを押して知らせる。

「これは東京で唯一残された都電荒川《あらかわ》線という路線でしてね。新宿区の早稲田から荒川区の三ノ輪橋《みのわばし》までの約十二キロを一時間ほどで結んでいます」

徳さんの説明を聞きながら、さっそく前扉から乗り込んだ。朝の通勤時間帯から外れているせいか車内はがらがらだった。

「ほんとは貸切電車にしようと思ったんですよ。片道一万四千円ほどで貸し切れるんですが、二か月前に予約しなきゃだめだというので諦めました。でもこれだけ空いていれば貸切のようなもんですかね」

山手線の電車よりかなり狭いベンチシートに五人並んで腰を下ろして待っていると、ほどなくしてドアが閉まり、チンチンと鐘《かね》の音が鳴って都電が発車した。チンチンという音は本物の鐘ではなく録音した音を流していた。昔ながらの音をこういうかたちで残しておこうという配慮なのだろう。

早稲田駅を出た都電は、カタコン、カタコンと軽快なレール音を響かせながら道路と並行して延びる専用軌道を走っていく。車窓に流れる街並みを見ていると、不思議なもので十年も二十年も昔に戻った気分になってくる。

三分もしないうちに隣駅の面影橋《おもかげばし》に到着した。乗り降りするお客はなく、すぐにドアが閉められたが、なかなか発車しない。

「あら、赤信号を待ってる」

リエが面白そうに言った。面影橋駅のすぐ先には道路が横切っていて、その道路の信号に従って都電は停止しているのだった。

「こんなの珍しくないですよ。あたしの故郷の松山《まつやま》だと路面電車の線路は道路の上に敷いてあって、車とごちゃごちゃに入り乱れて走ってるんですから」

ひろみが得意げに言う。

「松山にも路面電車があるんだ」

ミキオが口を挟むと、

「松山にもっていうか松山名物みたいなものかな。伊予《いよ》鉄道の市内線っていう市内をぐるっとまわる環状線とその真ん中を通る本町《ほんまち》線を中心にして、どこへでも行けるの。子どもの頃は環状線に乗って銀天街《ぎんてんがい》っていう大きなアーケード街に買い物にいったり、大街道《おおかいどう》っていう繁華街に映画を観にいったり、松山城に遠足に出掛けたり、しょっちゅう乗ってた」

「だったらもっと早く気づけよ」

「ていうか、あたしにとって市電は鉄道っていう感覚じゃなくて身近な足だったし」

ひろみの中では鉄道の範疇には入っていなかったらしい。

路面電車については、おれも去年、考えたことがないわけではなかった。しかし、もともと鉄道イコール専用軌道と考えていたことから、路面電車はジャンル外と捉えて最初からプランから外していた。

「けど昔は東京も松山みたいに路面電車が身近に走ってたんですよね？」

ミキオが徳さんに尋ねる。

「都電だらけだったと言ったほうがいいくらい走ってましたわ。いまのバス路線と同じくらい網の目のように四十以上もの系統がありましたから」

「四十以上も！」

「それが昭和三十年代四十年代の高度成長期に道路渋滞の元凶だという理由でどんどん廃

止されていきましてね。この荒川線だけは大半が専用軌道だったことから残されたんですよ」

「つまり徳さんとしては、東京の路面電車をもう一度復活させて松山みたいに庶民の足にしたいわけですね」

おれは言った。さっきからいつ言おうかと思っていた。

ところが徳さんは、いやいや、そうじゃないんですわ、と大きな体を揺すって首を左右に振る。

「単純に都電復活というのでは、私が去年出した砧線の復活と何も変わりませんし、そんなプランでは日野宮さんも納得してくれないと思うんですわ。ただ、路面電車という考え方は何かのヒントになるんじゃないかと思いましてね」

すると車窓の景色を眺めていたリエが言った。

「そういえば路面電車って、このところヨーロッパで見直されてるって聞いたことがある」

「LRTですね」

徳さんが即座に答えた。

ライト・レール・トランジットの略で、高齢者や身障者も利用しやすい超低床、低騒音設計の次世代型路面電車だという。自動車の排気ガス、騒音、交通渋滞などの環境問題の解決策としてドイツのハイデルベルク、ロストック、オランダのアムステルダム、オーストリアのウィーン、フランスのストラスブールといったヨーロッパの多くの都市で導入が進んでいる。

とくにドイツのフライブルクなどは、LRTの導入と同時に市街地への自動車の乗り入れを禁止。郊外から来る人たちは市街地の入口のパーク＆ライド駐車場に車を置いてLRTに乗り換えて街に入る環境保全システムに切り替えたことで、いま世界中から注目されている。

「日本でも富山では二〇〇六年を目指してLRTの導入計画が進んでいるみたいでしてね。高知市や京都市、堺《さかい》市のほか東京でも一部で話題になっています。ただ、松山や鹿児島、広島、長崎などの地方都市にはちゃんと路面電車が残っているのに、東京にはこの荒川線しかありませんからね。そうそう簡単にLRT導入とはいかないと思いますわ」

事前に予習してきたのか丁寧に説明してくれる。

都電は面影橋から学習院下《がくしゅういんした》の坂を上り、鬼子母神前《きしぼじんまえ》、雑司《ぞうし》ケ谷《や》を経てサンシャインシティの高層ビルがそびえる東池袋《ひがしいけぶくろ》四丁目に近づいていた。

「それにしても、なぜ東京は四十以上もあった系統を荒川線以外、全部なくしちゃったんですか？」

ひろみが質問した。

「それはやっぱ地方都市に比べて東京の渋滞は半端じゃなかったからじゃないかな。高度成長期の渋滞の悪化によって廃止されたたっていう話だし」

ミキオが答えると、徳さんが皮肉っぽい笑みを浮かべた。

「一般的にはそう言われていますが、モータリゼーションの進展を理由にこれだけきれいさっぱり路面電車を廃止してしまったのは、実は世界でも東京とロサンゼルスぐらいのものなんですわ。そのせいもあってか、アメリカでは〝自動車会社陰謀説〟も囁《ささや》かれているほどで」

「自動車会社陰謀説？」

おれたちは身を乗りだした。

一九五〇年代以前のロサンゼルスには、パシフィック・エレクトリック社という電鉄会社の路面電車が網の目のように敷きめぐらされていた。その総延長は市街路線だけで八百余キロもあったと言われている。

そこに登場したのが、大衆車の爆発的な普及とともに急速な発展を遂げた大手自動車メーカーだった。爆発的な売上げを達成した反動で一挙に売上げが低迷したことから、さらなる売上げアップを目指してある秘策を思いついた。自社が出資している子会社のバス会社にパシフィック・エレクトリック社を買収させて経営権を乗っ取ったのだ。

それを境に実行に移したことは露骨《ろこつ》だった。路面電車の路線をどんどんバス路線に転換して路面電車を廃止に追い込んでいったのだ。路面電車よりもバスのほうが便利じゃないか、という論法の転換だったが、しかし人びとは路面電車に比べて速度が遅いバスに見切りをつけて自家用車を買いに走り、その結果、大衆車の売上げは再浮上。ロサンゼルスの街は排気ガスにまみれた車一辺倒の街になってしまった。

「これは一九七四年にアメリカ議会に提出されたブラッドフォード・スネルの議会報告書によって明らかにされた話です。もちろん、事の真偽に異論を唱える人もいないではありませんが、大手自動車メーカー系列のバス会社が電鉄会社を買収したことは事実ですから、私としてはスネル説をとりたい」

「ということは、東京の場合もロサンゼルスに近いことがあったってことですか？」

おれは聞いた。

「都電の場合は都営ですから、アメリカとは図式が違うかもしれません。でも昭和四十年代に入って突然、ロサンゼルスなみの勢いで都電が廃止されていったことは事実ですから、うかつなことは言えないにしても、私個人としては何らかの資本の力が働いた結果だとしてもおかしくないと思いますね」

リエが口を開いた。

「そのせいでロサンゼルスって車がないとどうしようもない街になっちゃったんだね。むかし新婚旅行で行ったときに、しょうがないから元旦那《だんな》にレンタカーを運転させてディズニーランドとか観光したんだけど、ハイウェイの渋滞はひどいし、運転マナーは悪いしでさんざんな目に遭《あ》った。それでケチがついてバツイチに至るんだけど」

「つまりリエのバツイチも自動車会社の陰謀かもしれないってことか」

おれが言うと、

「かもね」

リエは笑った。

都電は大塚《おおつか》駅前、巣鴨新田《すがもしんでん》、庚申塚《こうしんづか》、滝野川《たきのがわ》一丁目、飛鳥山《あすかやま》と過ぎて、まもなく王子《おうじ》に到着しようとしていた。飛鳥山の駅を発車してすぐに電車は専用軌道から道路上の軌道に入り、いまは車と一緒に一般道路の上を走っている。

「ここは荒川線内で数か所しかない路上軌道の中でも一番長い区間なんですが、私が子どもの頃は新宿でも赤坂でも銀座でも、都内のどこでもこんな感じで車と都電が同居していたものでした」

「べつに渋滞の原因になってる感じじゃないですよね」

おれは言った。実際、左右四車線の道路の中央に軌道が通っているのだが、都電も車と同じように信号を守って決められた場所だけ走っているわけだし、のべつまくなし走っているわけでもない。渋滞が起きたとしてもそれは車が多いせいであって、都電が悪者にされる理由などないと思った。

「なのに渋滞の原因にされて廃止に追い込まれたなんて、確かに勘繰《かんぐ》りたくなりますね。四十以上もの系統を全部なくしてしまうなんて、何らかの意図が働いたとしか思えない」

「なんだか日野宮さんの箱庭鉄道の悲劇みたいですね」

ひろみが呟いた。ああその通りだ、と思った。時代も状況も背景もまったく異なる二つの出来事ではあるけれど、どこかで相通ずる腹立たしさと哀しさを感じるところも、とてもよく似ている。

「都電の復活、ありかもしれない」

おれはふと口にした。すかさずリエが異を唱《とな》えた。

「単に都電を復活させるだけじゃだめだと思うよ」

「いやもちろん、徳さんが言ったように単純に都電そのものを復活させようってわけじゃない。けど、都心の路面を使って何か新しいことをやれば、それがディズニーランドのアトラクションにつながる気がしてきたんだ」

「何です？　ディズニーランドのアトラクションって」

ミキオが問い返す。

「ミキオが言うところのショーだわね」

リエが答えて、昨日、おれと二人で話したことを説明した。

「さすが本場のディズニーランドまで新婚旅行に出掛けたリエさんですね」

ミキオが妙な感心の仕方をしている。

「あなたたちも新婚旅行にどう？」

リエがまぜっかえすと、ミキオが照れ笑いして頭を掻く。ひろみは知らん顔して車窓の景色に目をやっている。

「そういえば昔、花電車というのがありましたけど、あれ、ディズニーのパレードみたいなものでした。お祭りのときに花をいっぱい飾った都電が走るんですわ」

「そういったイレギュラーなイベントも含めて、路面鉄道全体がアトラクション化していればいいってことかな」

リエがまとめに入る。

「まあ、考え方としてはそういうことかもしれない」

おれはうなずいた。まだなんとなく漠然《ばくぜん》とはしているけれど、この考え方を突き詰めていけば何かが見えてくるかもしれない。何かが生まれるかもしれない。そんな予感がした。

都電は王子の駅を過ぎて再び専用軌道に入っていた。都電特有の軽快で小気味よい揺れに身をゆだねながら、おれは、新たな手ごたえを感じはじめていた。

早稲田を出発しておよそ一時間、荒川線の終点、荒川区の三ノ輪橋駅に到着したところで現地解散にした。お昼でも食べながら、もうちょっとみんなで議論しない？ とリエからは提案されたが、それは明日にしよう、とみんなにはタクシーで引き揚げてもらった。一人になりたかった。一人になって改めて頭の中を整理したかった。

みんなを見送ってから、再び都電荒川線に乗り込んだ。三ノ輪橋から早稲田まで、もう一度乗車して路面電車の感覚をしっかり味わってみようと思った。

復路の小一時間は、ひたすら車窓からの景色を眺めていた。往路ではあれこれ話しながらだったからよく見ていられなかったが、沿線の情景や乗り降りする乗客の顔もじっくり観察しながら都電に揺られた。

昼の時間帯になったからか、乗客はさっきより増えて二十人以上はいるだろうか。改めて感じたのは、ＪＲの通勤電車や地下鉄とは違って、地域の人たちの生活に密着した雰囲気が溢れていることだった。スーパーで買ったネギや大根を抱えて乗ってくるのは当たり前。それこそ下駄履《げたば》き感覚とでもいうのか、突っかけサンダルにエプロンをつけてひょいと乗ってきてひょいと降りていく地元の人たちがとても多いのが印象的だった。

途中、巣鴨新田の駅には、三ノ輪橋方面のホームの上に甘味処《かんみどころ》があった。お店の入口がなんとホームに直接面していて、都電から降りたおばちゃんがそのままお店に出入りしているのだ。その隣には同じように居酒屋もあった。まだ開店はしていなかったが、夕方になれば仕事帰りのお父さんたちが、都電から降りてそのまま一杯ひっかけに立ち寄るのだろう。

この身近な下駄履き感覚とディズニーランド的なショー感覚をどう結びつけたらいいのか。プランニングの一番のポイントはそこだと思った。その接点を発見して具体策として提示するのは、おれの役目だ。おれの中でそれさえまとまってしまえば、あとはみんなの力を結集して再プレゼンまで一直線だ。

ぼんやりと考えているうちに都電は早稲田駅のホームに滑り込んでいた。午後の買い物客の大半が途中駅で降りてしまったこともあり、終着駅まで乗ってきたのはおれを含めて五人ほどだった。ぱらぱらと降りていくおばちゃんたちに続いてホームに降り立つと、その足で大隈通りに向かった。書店で都電の本を探そうと思った。

ところが、すぐに見つけた書店は学生の教科書を中心に扱っている店で、大学の中を抜けて早稲田通りに行けば、古本屋がたくさんありますよ、と店主が教えてくれた。冬休みで閑散《かんさん》としたキャンパスを歩いて逆側に抜けると、言われた通り古本屋が並んでいる大通りに出た。

木枯らしが吹く中、端から順に店に入っては都電の本がないか聞いてまわった。古本屋めぐりをするのは大学時代、卒論を書くために神保町《じんぼうちょう》をうろついて以来のことだった。

そして五軒めだったろうか、どてらを着込んだおやじさんが、

「最近のやつだけど、これはどうだい」

と一冊の本を持ってきてくれた。

『都電系統案内―ありし日の全41系統』。都電の全系統が写真つきで詳しく解説されている本だった。奥付を見ると二〇〇一年五月の発行。こんな本が出版されているくらいだから都電マニアもかなり多いということだろう。

即刻買い求めて、近くにあった昔ながらの喫茶店《きっさてん》に飛び込んだ。コーヒーの注文もそこそこに、目次に続いて見開きで掲載されている昭和三十年代当時の「東京都電系統図」を広げた。

すごいと思った。四十一系統もの都電網が東京二十三区のほぼ全域を覆い尽くしている。それに続く各系統の説明ページには、銀座四丁目の停留所に停車している1系統、現在の西麻布《にしあざぶ》を走り抜ける6系統、新宿駅前で発車待ちしている11系統などなど、まるで別世界のような東京の写真が載っている。

おれの地元、港区にも何系統も走っていた。とくに築地《つきじ》と中目黒《なかめぐろ》を結んでいる8系統は、虎ノ門《とらのもん》、飯倉《いいくら》、赤羽橋《あかばねばし》から天現寺橋《てんげんじばし》、渋谷、恵比寿へと続く途中、おれのアパートがある鮫島町に程近い古川橋《ふるかわばし》を通っていた。これには地元の人間として素直にうれしくなった。世田谷の砧線を懐かしんでいた蕎麦屋の店主の気持ちがすこしわかった気がした。

当時都電が通っていた道路は、たとえば青山《あおやま》通りとか晴海《はるみ》通りとか日比谷《ひびや》通りなど比較的道幅が広い幹線道路が多い。幹線道路を上手に利用すれば現在でも十分レールが敷ける気がする。しかも路面電車なら本格的な鉄道に比べて建設コストが安くつく。なにしろ公道上を走るわけだから、関係筋の許可さえ取りつければ莫大《ばくだい》な用地買収費はかからないし、高架線工事やトンネル工事も必要ないから建設費はかなり抑えられるはずで、これなら総延長は四キロといわず、もっと長い距離を走らせることが可能だろう。

となれば、たとえば皇居《こうきょ》一周系統とか、東京名所めぐり系統といったユニークな路線だって考えられる。この系統図を現在の東京に当てはめてアイディアを広げていけば、きっと面白い着地点が見つかるに違いない。

五十年近くも前の系統図を眺めているうちに、なんだか急に浮き浮きしてきた。

そのとき、オズ・ノイのギターが鳴り響いた。喫茶店の店主が驚いた顔でこっちを見ている。携帯電話をマナーモードにし忘れていた。

「どこにいるの？」

リエからだった。時計を見ると、もう午後五時を回っている。

「都内某所にいる」

「すぐきてくれる？」

「今日は一人で考えたいんだ」

「仕事の話じゃないの。たたみ屋にひろみと一緒にいるから、すぐきて」

店内に入るとチャーリー・クリスチャンのギターが流れていた。たたみ屋では十日に一度、古いフォービート物のジャズばかり流す日があるのだが、今日はその日らしかった。ビバップの創成期を駆け抜けた彼のミントンズ・プレイハウスでのライブ録音。おれは大学生の頃、ファンクジャズからどんどん時代を遡《さかのぼ》っていって古いジャズばかり聴き漁《あさ》っていた時期があったのだが、その当時の愛聴盤だ。

懐かしさに聴き惚れながら店内を見渡すと、一番奥まった座卓にリエが一人で座っていた。

「ひろみは？」

「帰っちゃった」

「なんだよ、わざわざ飛んできたのに」

「ごめんね。ほんとはひろみと三人で乾杯したかったんだけど、まだちょっと照れくさいからって」

「どういうこと？」

「結婚するんだって」

「へえ、相手は？」

「もちろんミキオよ。ただし、結婚式は鉄道が開通する日にやらせてほしいって言うの」

鉄プラのメンバーとして知り合って半年、この仕事を通じて急接近した二人だけに、開通の日を二重の喜びの日にしたいのだという。

「けど大丈夫か？　それだとあと二年半も待つことになるけど、もつかな」

リエが噴きだした。

「もつわよ、あの二人なら。そのかわり鉄道開通の日には思いきりお祝いしてあげないとね」

「でっかいくす玉を開通祝いと結婚祝いの二個つくって派手に割ってやるか」

「で、初運転の列車に乗って新婚旅行に旅立つと」

「行先はロサンゼルス？」

「だめだよ、それだとケチがつくから、って、また言わせないの。これでも乙女心を傷つけながら笑いとってんだから」

照れ笑いしてみせてグラスを口に運ぶ。

「ちなみに、もう一組増やして開通日を三重の喜びにする手もあるけど」

思いきって言ってみた。おれだってリエとの結婚を諦めたわけじゃない。東京駅での出来事を踏まえて再チャレンジしてみた。が、リエはふと顔を伏せると、

「好きと結婚は一緒にしちゃだめなのよ」

他人事のように言った。

「けど」

「とくにあたしの場合、好きと結婚は一緒にしちゃだめなの」

子どもに言い聞かせるような口調だった。

そこで気まずく会話が途切れて、おれは打ちひしがれた気分でビールを注文した。

そのとき、店内に流れている音楽が変わった。これも知っている曲だった。ビバップ全盛時代の名曲『ブルーモンク』。

奇抜な和音を多用するピアノ演奏は、この曲をつくったセロニアス・モンク本人に違いないが、ピアノだけで演奏しているソロバージョンはめずらしい。そう思った瞬間、おれは弾かれたように席を立ち、店のカウンターに向かった。

店員に頼んで、いまかけているCDのジャケットを見せてもらった。

やっぱりこれだ。一九五八年に録音された『セロニアス・アローン・イン・サンフランシスコ』。

浮き立つ気持ちを抑えながら座卓に戻ると、リエの目の前にCDのジャケットを突きだした。リエがきょとんとした目でジャケットを見ている。

ジャケットにはサンフランシスコの街を走るケーブルカーの写真が載っていた。路面電車スタイルの木造車両の側面には、乗客が外側のステップに立ってぶら下がれるポールが何本もついていて、いつも仏頂面《ぶっちょうづら》のセロニアス・モンクがめずらしく白い歯を見せてぶら下がっている。

「リエ、すぐに徳さんとサンフランシスコに飛んでほしい。東京の街にこれを走らせたいんだ」

8

ハイドストリートの坂道をケーブルカーが駆け下りてくる。坂道の先に広がるサンフランシスコ・ベイの海に向かって、路面に敷かれた二本のレールの上を風を切って走り抜けていく。

鐘の音が聴こえる。発車の合図に鳴らす鐘がチンチチン、チンチチン、チンチチン、チンチチンと軽快なビートを刻んで鳴り響いている。都電のような録音の音ではない。陽気な笑みを浮かべた黒人の車掌が、鐘に繋がっているロープを小刻みに引いたり緩めたりしながら鐘にリズムの息吹《いぶき》を与えている。

見事な手さばきだった。思わず体を揺らしたくなるパフォーマンスに、車体の側面のポールにぶら下がっている乗客たちが歓声を上げて喜んでいる。

「これは車掌が鐘鳴らしコンテストの練習をしているんです。四十年以上前から毎年秋に開催されているサンフランシスコ市主催の名物コンテストなんですけど、この車掌は営業中だっていうのに鐘を鳴らしっぱなしで楽しんじゃってる。だからほら、いい表情してるでしょう」

　リエがカフェのテーブルに置いたノートパソコンの画面を指さした。

「鈴なりにぶら下がっている人たちも楽しそうですねえ」

　コーヒーカップを手にした日野宮氏がにこにこしている。

「ぶら下がるのも正規の乗り方なんですよね。だから週末なんか座るよりもポールにぶら下がりたい人たちが停留所に行列をつくって、ポールが空いてないと一台やり過ごしてつぎのを待つ人までいるんです」

「わたくしもぶら下がってはしゃいでみたいものです」

「だめですよ、ご高齢者には危険です」

「失礼な、これでもまだ七十三歳ですぞ」

「それを世間では高齢者って言うんですっ」

　リエが日野宮氏の肩をポンと叩いて突っ込んだ。一瞬、ヒヤッとした。が、突っ込まれた日野宮氏は楽しそうに笑っている。

　昼下がりの原宿《はらじゅく》。欅《けやき》並木の通りに面したオープンカフェで、リエと徳さんが撮ってきたばかりの動画を見ている。コーヒーを片手にチョコレートクッキーなんかもつまみながら、これが再プレゼンの場だとは思えないほどリラックスした空気が流れている。

　セロニアス・モンクに窮地《きゅうち》を救ってもらってからわずか十日間で、ここまで漕ぎつけた。そのうちの五日間はリエと徳さんが弾丸《だんがん》ツアーで坂道の街サンフランシスコに飛んで、おれはミキオと二人でかつての都電の路線跡を駆けまわっていた。残りの五日間は、日米両国で調査した成果のすり合わせだけで瞬く間に過ぎて、今日の再プレゼンを迎えた。

一か月、二か月かけて再プレゼンに臨む手もないではなかった。だが、おれはあえて今日という日を選んで日野宮氏に原宿まで来てもらった。これ以上再プレゼンのために時間をかけるのは無駄だと思ったし、またこれ以上時間をかけなくてもゴーサインを出してもらえる自信があった。

今回のプレゼンは、前回のような分厚い企画提案書も参考資料も一切用意してこなかった。持参したのは動画を見るためのノートパソコンとA４判のパネル四枚、それだけだ。

動画の画面が、ケーブルカーが方向転換しているシーンに変わった。サンフランシスコのケーブルカーの車両には、運転台が片方にしかついていない車両もある。そこで、始発駅と終着駅には車両を載せる大きなターンテーブルが設置してあり、それをぐるりと半回転させて車両の前後の向きを変えている。

「これもまた人気のアトラクションで、いつもたくさんの見物客が集まっているんですよ」

リエが解説すると、徳さんが補足する。

「日野宮さんも当然ご存じでしょうが、わたしらの子ども時代には、機関庫がある駅には必ず蒸気機関車用のターンテーブルがあって、学校の帰りに見物にいったものでした。ケーブルカーのターンテーブルは、それよりは規模が小さかったんですが、車両が回転しているところを見ていたら子どもの頃のことを思い出しましたわ」

「そういえば、わたくしの箱庭鉄道にもＣ６２用のターンテーブルをつくる予定がありました。結局、実現はしませんでしたが、大きな車体がぐるりと回転するさまは理屈抜きで楽しいものですよねえ」

日野宮氏が目を細めた。

いまが頃合いだろう。そう判断しておれは一枚目のＡ４パネルを掲げた。パネルには大きな文字で一行だけ文章が書いてある。


この街で、〝レールウェイ・ショー〟がはじまる。


「これがコンセプトです。ぼくたちは東京の街にケーブルカーというアトラクションを開通させて、レールウェイ・ショーを開演しようと思います。キャストは、このレールウェイ・ショーに関わるすべての人間。観客は、この東京の街にいるすべての人間です」

日野宮氏はコーヒーカップを片手にじっとパネルを見つめている。ここは一気に説明したほうがよさそうだ。

「世界各地で路面電車の復活が相次ぐなか、昨今は都電の復活を望む声も聞かれるようになってきました。しかし、我々がやるべきことはただ単に都電を復活させることではありません。いまご覧いただいたように、坂道が多いサンフランシスコの街にとって、ケーブルカーは市民の身近な足であると同時に、街を楽しくショーアップしてくれるアトラクションでもあります。あの楽しさを東京の街に持ち込みたいのです。かつて非業《ひごう》の末路を歩まされた都電にかわる夢のケーブル鉄道を開通させて、みんなに喜んでもらいたいのです」

言葉をとめて徳さんに目配せした。徳さんが二枚目のパネルを手にして日野宮氏に見せる。

排気ガスがない、バリヤーがない、
だけじゃなく架線もない。

ここからは徳さんが説明する。
「路面電車を復活させることは環境対策にも生活弱者対策にも非常に有効だという考え方がいまや世界の主流です。ただ、ひとつ問題なのが架線なんですわ。路面電車を走らせるためには線路の上にずーっと架線を張りめぐらさないといけないので、景観的にも物理的にも邪魔な上に、建設コストの面でも好ましくない。その点、ケーブルカーは架線がいりません」

ケーブルカーはその名の通り、二本のレールの合間の溝《みぞ》に通したケーブルに引っ張られて走る乗り物だ。百十四本の鋼鉄を撚《よ》り合わせたケーブルは始発駅から終着駅までループ状に繋いであり、ケーブルカー・バーンと呼ばれる動力施設の大きな回転ホイールによって常に牽引され続けている。その動くケーブルを、車両に装備されているグリップ装置で摑《つか》んだり離したりすることで車両を走らせたり止めたりしている。

サンフランシスコのケーブルカーの運転手がグリップマンと呼ばれるのはそれゆえで、モーターなど動力源が一切ついていない車両を、グリップレバーとブレーキレバーを器用に操って走行させている。

「それでなくても日本の街は電柱だらけで見栄えが悪いと言われていて、東京の幹線道路では電線の地下埋設化が進められています。それなのに路面電車の復活によって新しく架線を張りめぐらすのは時代に逆行すると思うんですわ。サンフランシスコでターンテーブルを取材しているときに、昔ケーブルカーの技術者をやっていた人と知り合ったんですが、その人も同じことを言っていました」

徳さんと一緒に渡米してきたリエが、この人です、とノートパソコンの画面に写真を呼びだした。白い髭《ひげ》を蓄《たくわ》えた白人のじいさんがターンテーブルに載ったケーブルカーをバックにリエと肩を組んで笑っている。

「この人、ボブっていう名前のおじいちゃんで、ときどき懐かしくなってケーブルカーに会いにくるんですって。若い頃に軍隊に入って日本の米軍基地にいたこともあるらしくて、あたしたちに、イラシャイマセ、って日本語で挨拶してきたんです。それで、東京にケーブルカーを敷きたいっていう話をしたら、当時の東京はシンジュクもロッポンギも街中が架線と電線だらけだったから、それはいいことだって喜んでくれました」

「ボブさんには本当に助けられましたわ。とにかく日本贔屓《びいき》の親切な人で、そういうことなら、とケーブルカー技術者時代の後輩、スティーブさんを紹介してくれましてね。後輩といっても、いまはお偉いさんになってましたから、ケーブルカー・バーンの中で大きなホイールが回転しているところや車両のメンテナンス工場も見学させてくれました」

その上、計画が具体化したらいつでも連絡してくれと言ってくれたそうで、

「この計画でいくことになったら、さっそく技術面で支援してもらえるように頼んでみようと思っているんですわ」

「それは楽しいことになってきましたねえ」

日野宮氏が満足げにうなずいている。

「となると、あとは、どんなルートでケーブルカーを走らせるか、ということになりますが」

おれは三枚目のパネルを取りだした。

東京にも坂道だらけの街がある。

名前がついている坂道だけで九十以上もある街がある。

「東京ご出身の日野宮さんなら、おわかりですよね」

日野宮氏がにっこり笑った。

「港区でしょう。永坂《ながさか》、乃木坂《のぎざか》、土器坂《かわらけざか》、榎坂《えのきざか》、狸穴坂《まみあなざか》と、いくらでも挙げられます」

「正解です。サンフランシスコに負けず劣《おと》らず坂道が多い港区こそケーブル鉄道を敷設するのにふさわしいと思ったんです。そこで、かつての都電の系統図を参考にしてケーブル鉄道のルートを考えました。さっそく、ご案内します」

原宿駅の目の前、欅並木の歩道沿いに大きなオープンカーが停まっていた。ミキオが東京中を駆け回って借りてきたという、パレード用にルーフを取り外したキャデラック。きれいに晴れ上がった青空のもと、ピカピカに磨き上げられたブルーの車体が陽光にきらめいている。

運転席にはミキオが座っている。これまた借り物の黒いタキシードを着込んでハンドルを握っている。こうした演出は言うまでもなくリエの発案で、好きにやってくれと任せておいたら、相変わらず派手なことをやってくれる。

「こちらへどうぞ」

ひろみが後席のドアを開けて日野宮氏を出迎えた。日野宮氏は背筋を伸ばして小さくうなずくと、こうした扱いに慣れている人らしく悠然《ゆうぜん》とした物腰で後席の右端に腰を下ろした。続いてリエとおれも後席に、ひろみと徳さんは前席のベンチシートにミキオと並んで座った。六人乗りの車とあって、三人ずつ横に並んでも思いのほか余裕がある。

全員が乗り込んだところで、ひろみがバスガイドのように説明しはじめた。

「このケーブル鉄道の起点は、港区を走らせると言いながら実は渋谷区の原宿駅前です。ここはもともと都電が走っていなかった場所なのですが、あえてここを起点にした理由は、すぐそこに見える代々木《よよぎ》公園の前の一画を借りればターンテーブルが設置できるからです。代々木公園にも原宿にも休日にはたくさんの人たちが集まりますから、これは喜んでくれると思うんです」

そう言って微笑んでみせると、

「それでは、準備はいいですね、出発します」

ひろみの合図でミキオがアクセルを踏み込み、キャデラックを発車させた。一月にオープンカーは寒いかと思ったが、そこはよくできた改造車で、腰から下にはしっかり暖房が効いている。上半身には晴天の陽射しがぽかぽかと降り注いでくるから思いのほか暖かくて快適だ。

まずはシャネル、ディオールをはじめファッションの有名ブランド店が並んでいる欅並木を直進して表参道《おもてさんどう》交差点に向かう。

「左手に見えるのは安藤忠雄《あんどうただお》の設計によって現在建設中の表参道ヒルズです。竣工したら原宿の新しいランドマークになると思うので、ここに最初の電停をつくればいいと思っています」

ひろみが指し示す方向に目をやると、建設現場の前を行きかう若者たちの視線が一斉にこっちに向けられた。えらく押し出しのきいたオープンカーでゆるゆると移動している六人組が、よほど変わった集団に見えるのだろう。指さしながら笑い合っている女の子たちもいる。

見世物《みせもの》パンダ状態で表参道交差点まできたところで左折して、いよいよここからが港区になる。まずは青山通りを赤坂方面に進み、かつて渋谷駅前と浜町中ノ橋《はまちょうなかのはし》を結んでいた都電9系統の経路を辿る。ブルックス・ブラザーズがある南青山三丁目、青山ベルコモンズの外苑前《がいえんまえ》を通過して一キロほど走ると、青山ツインタワービルが目印の青山一丁目の交差点が見えてくる。交差点の右角に立つホンダのショールームを冷やかしつつ右折。かつて7系統が走っていた外苑東通りに入って坂道を下っていく。

「正面にそびえる高層ビルは六本木ヒルズ、右手は青山霊園《れいえん》です。春には霊園の桜が満開になって、その花びらが花吹雪になってこの坂道を舞うんですよね」

墓地下まで下ったら右に折れ、西麻布方面に進む。休憩中のタクシーがずらりと並ぶことで知られる通りを抜けたら、アイスクリームのホブソンズと蔵造りの料理屋が向かい合う西麻布交差点。

「セーノさんの個人的な希望では、このまま西麻布交差点を直進して広尾《ひろお》、天現寺橋から鮫島町まで走り抜けて、急勾配《きゅうこうばい》が自慢の鞠母坂を怒濤《どとう》のように駆け上って日の出荘の前に停留所をつくりたい！　だったんですけど、そういう我田引水《がでんいんすい》は却下しました」

却下されては仕方ない、西麻布交差点を左折して六本木通りに入る。

「六本木通りにはかつて6系統が走っていたんですが、現在は西麻布交差点に立体交差があるためにかなり狭くなっています。そこで、ここに再びレールを敷くにはかなり大掛かりな立体交差の改良工事が必要になります」

立体交差部分を過ぎてすぐにまた広くなった六本木通りの坂道をぐいぐい登る。右手の六本木ヒルズを横目に見ながらさらに進むと、夜になるとここは外国かと見まごうばかりの外国人で溢れ返る六本木交差点。右手にアマンドのピンク縞《じま》の庇《ひさし》、左手に防衛庁の跡地をちらりと眺めつつ六本木交差点を横断したら、こんどは俳優座《はいゆうざ》前の坂道を一気に駆け下りる。

アークヒルズ、全日空ホテルをやり過ごして赤坂の溜池《ためいけ》交差点で右折。外堀《そとぼり》通りに入ったらあと一息だ。役人だらけの霞《かすみ》が関《せき》、虎ノ門、サラリーマンのお父さん御用達の新橋《しんばし》駅前ガードを潜ったら右に折れる。新交通システムゆりかもめの新橋駅舎の真下を走り抜ければ、きらめく高層ビルが立ち並ぶ汐留《しおどめ》に至り、およそ十キロに及ぶケーブル鉄道の終着駅に到着する。

「汐留の高層ビル群には、ホテルや広告代理店電博堂の本社ビルのほかに日東《にっとう》テレビの社屋もあるんですが、その前庭のあたりがターンテーブルを設置するのにちょうどいい広さなんですね。そこで日東テレビとタイアップしてターンテーブルをつくらせてもらおうと思っています。テレビ局と組めば、新しいイベントスペースとして話題性もアピールできますしね」

オープンカーは日東テレビの傍らを通過して汐留の高層ホテルへ向かっていく。最後はホテルの一室に移動して、再プレゼンの内容に関して質疑応答を行なった上で日野宮氏の判断を仰ごうという段取りだ。

ホテルのエントランスが見えてきた。いよいよ最後のパネルを見せるときがきた。おれは四枚目のパネルを取りだすと、日野宮氏の前に差しだした。

港区横断ケーブル鉄道

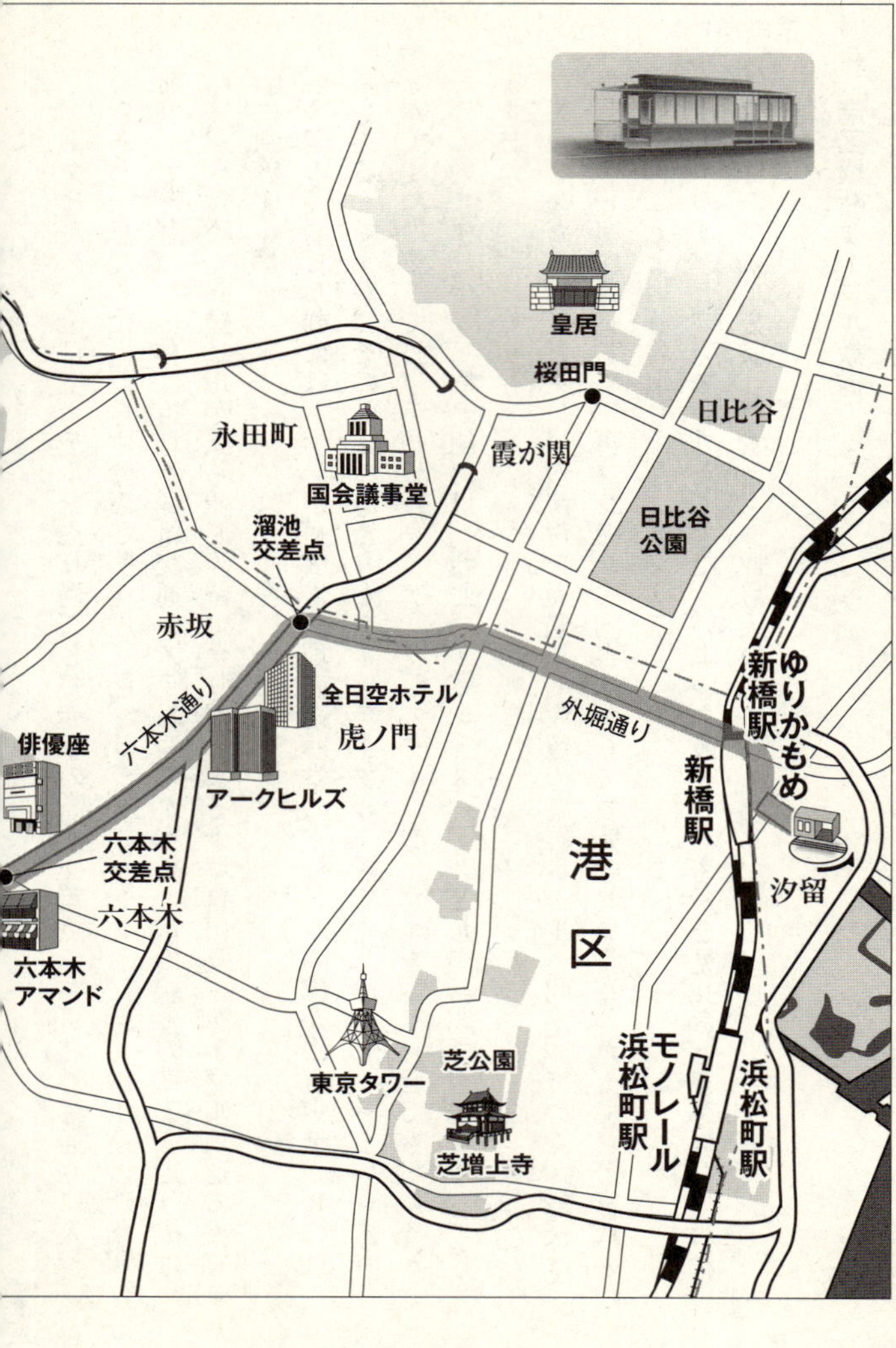
皇居
桜田門
日比谷
永田町
霞が関
国会議事堂
日比谷
公園
溜池
交差点
赤坂
全日空ホテル
六本木通り
外堀通り
ゆりかもめ
新橋駅
新橋
駅
俳優座
虎ノ門
アークヒルズ
六本木
交差点
港
区
汐留
六本木
六本木
アマンド
芝公園
東京タワー
芝増上寺
モノレール
浜松町駅
浜松町駅

〈港区横断ケーブル鉄道〉

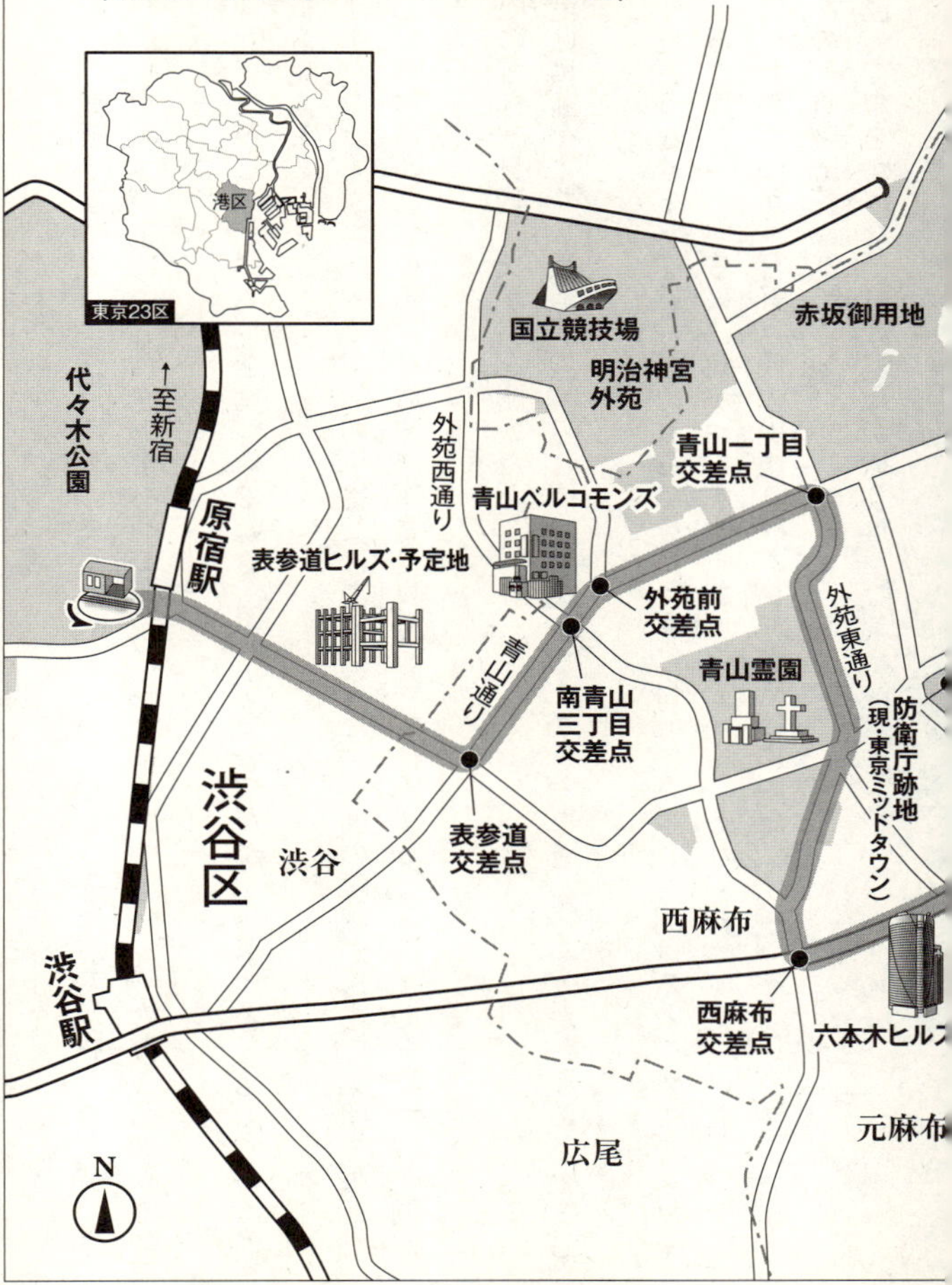

東京23区
港区
国立競技場
明治神宮
外苑
赤坂御用地
代々木公園
↑至新宿
外苑西通り
青山一丁目
交差点
青山ベルコモンズ
原宿駅
表参道ヒルズ・予定地
外苑前
交差点
外苑東通り
青山通り
南青山
三丁目
交差点
青山霊園
防衛庁跡地
（現・東京ミッドタウン）
渋谷区
渋谷
表参道
交差点
西麻布
渋谷駅
西麻布
交差点
六本木ヒルズ
元麻布
広尾
N

「港区を横断するケーブル鉄道。そのまんまやないか、と突っ込みが入りそうですが、このわかりやすさが逆にインパクトがあって印象に残りやすいと思い、そのものずばりの名前に決めました」

日野宮氏がじっとパネルを見つめている。穏やかな表情だが、何事か考え込んでいるようにも見える。

オープンカーがエントランスの車寄せに滑り込んだ。周囲の視線が珍しい集団を乗せた珍しい車に注がれている。そのまま車寄せに近づいて停車するとホテルのドアマンが飛んできた。

そのとき、日野宮氏が口を開いた。

「港区横断ケーブル鉄道、素晴らしいじゃないですか。みなさん、ありがとうございました」

そう言うなりドアを開けてくれるのを待たずに自分でさっさと開けると、オープンカーの後ろに停まっている車に向かってすたすた歩いていく。それで初めて気づいた。いつのまに現われたのか、日野宮氏の黒塗りリムジンがそこにいた。

「あの、質疑応答は？」

慌てて声をかけた。日野宮氏が振り返った。

「いま聞いた話で十分です。これからはわたくしの仕事ですから、一刻も早く関係筋の認可を取りつけなければなりません」

にっこり笑ってリムジンに乗りかけたところで、ふと思いついたように車内にいるだれかに声をかけた。リムジンから背広姿の中年男が降り立つと、日野宮氏と一緒にこっちに歩いてくる。

「西都急行建設の田所《たどころ》建設部長です。とりあえず名刺だけ交換しておいてください」

促されるままにメンバー全員がそそくさと名刺を交わした。

「それでは、改めてご連絡しますので、みなさんはさっそく申請書づくりに取りかかってください」

日野宮氏はそう言い残すと、田所建設部長とともに再びリムジンに戻り、悠然と走り去っていった。

「なんだか拍子《ひょうし》抜けしちまったなあ」

シャンパンで乾杯するなりおれは嘆息した。

「何言ってんのよ、見事にゴーサインが出たんだから、もっと喜ばなきゃだめじゃない」

ソファの向かいに座っているリエに怒られた。徳さんたちほかのメンバーもシャンパングラスを片手に、にこにことおれたちを見ている。

質疑応答がなくなってしまったものだから、借りてあったスイートルームで祝杯を上げようということになった。鉄プラは宴会ばっかりですね、とひろみからは笑われたが、もともとが飲み友だちのおれとリエがはじめた会社だからそれは仕方ない。

「だけど日野宮さん、即断即決でしたね。さすがに決断が早い」

ミキオが感心している。

「やはり港区横断というアイディアがよかったんですよ。サンフランシスコのケーブルカーを持ってくるアイディアも素晴らしかったと思いますけど、それだけではこうはいかなかったと思います。いずれにしてもセーノさんのお手柄ですわ」

徳さんに持ち上げられて、とんでもない、とおれは首を横に振った。

「ミキオのショー。徳さんの都電会議。ひろみの伊予鉄道。リエのディズニーランド。みんなの発想が積み重なって生まれたコンセプトがあったからこそ最後に閃くことができただけの話で、この結果は掛け値なしに、みんなのおかげです。正月の頃は正直、どこかに逃亡することまで考えた情けないリーダーを、ここまで支えてくれて、ありがとう」

立ち上がって頭を下げた。

実際、おれ一人の力ではとても今日の再プレゼンには辿り着けなかった。モンクを聴いてケーブルカーのCDジャケットを思い出せたのも、ケーブルカー↓きつい坂道↓鮫島町の鞠母坂↓坂道が多い港区、という連想ゲームによって『港区横断ケーブル鉄道』が浮かんだのも、みんなの力できっちりコンセプトが固まっていたからこそだ。

　改めて、ありがとう、と繰り返すと、

「まあ褒《ほ》め合いっこはこのへんにして、ご馳走《ちそう》も届いたみたいだし、食べましょう」

　徳さんが立ち上がってルームサービスの料理が並べられたテーブルに向かった。ミキオとひろみもそれに続く。

　が、おれはソファに座ったまま、ぼんやりとみんなの様子を眺めていた。妙な気分だった。ようやくゴーサインが出たのだから、もっと喜ばなくては、とは思うのだが、いまひとつ手放しでは喜べなかった。

　なぜだろう。考えをめぐらしているうちに理由がわかった。頭の片隅に西都急行のことが引っかかっていたからだった。

　日野宮氏のリムジンに乗っていた田所建設部長は、南伊豆のゴルフ場での出来事を知っているのだろうか。西都急行建設はあの出来事を踏まえた上で、どんな意図のもとに田所建設部長を日野宮氏のところに派遣したのだろうか。

　考えるほどに気が重くなった。あの筒井善則がつぎに何を仕掛けてくるかと思うと、得体のしれない焦燥感《しょうそうかん》が湧き上がってくる。

「なに暗い顔してんのよ」

　リエに小突《こづ》かれた。

「せっかく祝杯上げてんのに、リーダーがそんな顔してたら盛り下がっちゃうじゃない」

みんなと一緒にご馳走食べなきゃ、と背中を叩く。

「西都と、どう付き合ったらいいかと思って考えてたんだ」

声を潜めて告げた。南伊豆の一件は、ほかのメンバーには伏せてある。筒井善則に挨拶してきたとしか言っていないから、みんなは西都急行建設の担当者がやってきて当然だと思っている。

「べつに普通に付き合えばいいじゃない」

「けどやつら、何を仕掛けてくるかわからないし」

「やだセーノ、ビビッてるわけ？　南伊豆じゃあんなにかっこよかったくせに」

リエに笑われた。

「それはあたしも西都急行建設が出てきたときは、えっと思ったけど、よくよく考えてみたら逆に向こうがビビッてる可能性のほうが高いわけだし」

「天下の西都がおれたちにビビッてるっていうのか？」

「だって、スポンサーが直《じか》に発注した相手に対して裏取引を持ちかけて、きっぱり断られたんだよ。もしそれがスポンサーにバレちゃったら西都にしてみたら大ごとじゃない。へたしたら四百億の仕事がパーになっちゃうんだから」

「あ、そうか」

「あ、そうかじゃないわよ。こんなことでへこんでてどうすんの。これもみんなのおかげです、なんて頭下げてないで、あとは一気にガーッといくからついてこい！　ぐらいのことぶち上げてよ。あたしたちは思いっきりおもしろい遊びをやってるだけなんだから、怖いものなんか何もないの。ゴルフ場のときのセーノみたいに、天下の西都が何様だって、がんがん渡り合うつもりでやってかなきゃ」

「いやありエさん、えらく気合が入ってますねえ」

徳さんがラムチョップを手づかみで齧《かじ》りながら話に入ってきた。最初はひそひそ話だったのに、いつのまにか二人とも声高《こわだか》になっていた。

「これからはわたしの出番ですから、わたしもがんがん行きますよ。さっそく西都急行建設の連中を引き連れてサンフランシスコに飛んで、先日世話になったスティーブさんと技術支援の契約を結んできますわ。こういうことは勢いにのって一気呵成《いっきかせい》に攻めないといけません」

そこにミキオも割り込んできた。

「ぼくも同行していいですか？　徳さんと一緒に現場を担当したいんです」

もちろん、とうなずいた。ミキオが積極的に志願してくれたことが嬉しかった。

「あたしは留守番します。オフィスだって大変なことになるはずだし」

ひろみはそう言った。

「じゃあ、あたしには演出戦略と宣伝戦略を担当させてくれる？　『レールウェイ・ショー』をコンセプトにするからには、ショーの演出と宣伝もしっかりやらなきゃいけないし」

これにも異議はなかった。その手のコミュニケーション戦略はリエが協栄広告に勤めていた頃、ばりばりやっていた仕事だから、まさに適任といっていい。

「そうなると、あとは役所の認可だけだなあ」

おれはもう一つの懸念を口にした。

今回ルートに定めた表参道通りは都道413号、青山通りは国道246号、外苑東通りは都道319号、六本木通りは都道412号、外堀通りは都道405号になる。したがって都道の四区間は東京都都市計画局と道路局、国道の一区間は国土交通省道路局、さらに渋谷区と港区の認可も必要になるわけだが、日野宮氏が言うようにそう簡単に認可が下りるものなのか。

「それに関しては日野宮さんの手腕にゆだねるしかないわよ。もともと役所関係のことは任せなさいっていう話だったわけで、日野宮さんとしても勝算があるんだと思うし」

お手並み拝見ってとこね、とリエがいたずらっぽい目で微笑むと、

「わたしは楽観してますわ」

と徳さんが応じる。

「実はちょっと調べてみたんですが、路面電車の復活に関しては、東京都都市計画局がLRTの調査や審議《しんぎ》を進めていたり、国土交通省が広島で路面電車の活用実験を実施していたり、東京の新宿区、豊島《としま》区、北《きた》区、荒川区の区長たちが〝都電サミット〟なるものを開いて都電復活を推進していたり、役所のほうでもいろいろと考えてはいるんですね。その意味からすると、我々のプランが非常に通りやすい環境になっていることは間違いないと思うんですわ」

「しかも建設資金は税金じゃなくて、こっちが出すわけだし、そこに日野宮さんの底力がプラスされたら、うん、確かにこれ、意外にすんなり通っちゃうかも」

リエがその気になっている。

「ただ、いくら認可が下りたとしても二年後とか三年後とかに下りたんじゃ遅すぎるから、一番の問題は時間だな」

おれがまた慎重な姿勢を見せると、

「もう、セーノったら、なんで後ろ向きのことばっかり言うわけ？　今日のところは、いけいけどんどんでいいじゃない。リーダーっていうのはみんなを勢いづけるのも仕事のうちなんだから！」

「まあまあまあ」

徳さんがまた割って入ってくると、おれとリエのグラスにシャンパンを注ぎ足した。

「今日は鉄プラにとって記念すべき第一歩の日じゃないですか。開通の日にゴールインを目指している二人もいるみたいですから、ここはひとつ、ご陽気にいきましょう」

だれから聞いたのか、徳さんはミキオとひろみに向かって改めてグラスを掲げて声を張った。

「それでは、鉄プラと二人のためにご唱和ください、乾杯！」

おれとリエが徳さんに倣《なら》うと、ミキオとひろみも照れくさそうにグラスを掲げた。

9

港区にケーブル鉄道計画

東京都と国土交通省に申請
――西都急行が全面支援――

全国の新聞にこんな見出しが躍《おど》ったのは、日野宮氏のゴーサインが出てからわずか二か月後、四月二十一日のことだった。

そこに至るまでの慌ただしさは尋常ではなかったが、しかしそれは、これまでにない楽しい慌ただしさだった。この二か月間にやったことは、半年以上の産みの苦しみを乗り越えて描いた理想図を具体化していく作業だったからだ。

ちなみに日野宮氏と西都急行建設は、企画にゴーサインが出た翌日には鉄道建設の本契約を結んでいた。その素早い対応にはさすがに驚いたが、実は日野宮氏と西都急行建設は鉄プラが始動する以前から仮契約を結んでいて、おれたちの企画がまとまりしだい本契約書に署名捺印《なついん》する段取りになっていたらしかった。

そこまで話が進んでいながらおれたちを抱き込みにかかった筒井善則の魂胆《こんたん》がどうにも理解できないが、リエに言わせれば、こういうことになる。

「若造にちょっかい出してみて丸め込めたらめっけもん、みたいな感じだったんじゃないの？　筒井善則って自分が考えたプロジェクトしかやらない男らしいから、若造に仕切られるのが単純に嫌だったんじゃないかと思う」

「だったら何で日野宮さんと仮契約なんか結んだんだろう。保有総資産額が三兆円とか言われてる筒井善則が四百億円の売上げのために信念を曲げるかな」

「そこがあたしにもわからないの。だからやっぱり前にも言ったけど、西都急行グループと日野宮家って敗戦直後から何かの因縁《いんねん》があるのかもしれない。知ってるかな、筒井善則の父親、西都急行グループ創始者の筒井由次郎は、晩年は国会議員になって参議院議長まで務めてるんだよね。一方で、日野宮さんのお父さん、日野宮恒彦っていう人も政界との繋がりが深かった人らしいから、父親時代の関係が尾を引いている可能性は十分にある」

「つまり、過去の因縁から鉄道建設は請け負わざるを得なかったけれど、せめて企画の主導権ぐらいは握れないものかと考えておれたちをヘリで拉致《らち》したと」

「そんなところじゃないかな。だから今後あたしたちとしては、西都急行建設をコントロールする切り札としてあの拉致事件を利用すればいいと思うんだよね」

「おれとしては切り札を使うほどのトラブルが起きないことを祈るけど」

「それはあたしだって同じだよ」

念のため付け加えるが、この手の会話はもちろん、おれとリエが二人きりのときにしか交わしていない。徳さん、ミキオ、ひろみの三人には、こうした裏事情とは関係ないところでのびのびと働いてほしかったからだ。

実際、企画にゴーサインが出てからの三人は、これまでにも増して生き生きと仕事に打ち込んでいる。とりわけ徳さんは、いよいよわたしの出番ですわ、と大張り切りだった。本契約が結ばれた翌日、挨拶にやってきた田所建設部長以下十名の西都急行建設のプロジェクトメンバーに対して、

「現地で勉強しないことには何もはじまりません。わたしと一緒に渡米してください」

と指示。その二日後には西都急行建設のプロジェクトメンバーにミキオを加えた技術チーム全員を引き連れてサンフランシスコへ旅立っていった。

現地ではさっそく、前回の渡米で知り合ったケーブルカー技術部門のトップ、スティーブ・モロー氏のもとを訪ねて早々に技術支援契約を締結《ていけつ》。そのまま現地に二週間滞在して、技術面のノウハウを突貫《とっかん》研修してもらって日本に帰ってきた。

帰国してからは現地の技術をどのように東京の街に馴染ませればいいのか、技術チーム

全員が合宿状態でとことん議論を重ねた。ケーブルの牽引施設ケーブルカー・バーンの設計からレールの敷設法、西麻布交差点などを含めた敷設ルートの改良方法、ターンテーブルの施工法、車両の設計、建設資材の調達、そして現場の測量に至るまで、短期施工を達成するための段取りを超特急で整えていった。

その頑張りぶりは傍から見ていても猛烈《もうれつ》そのもので、たまに顔を合わせるたびに、

「徳さん、体のほうは大丈夫ですか？　張り切りすぎないでくださいよ」

と声をかけるのだが、

「どうってことないですわ。いまは毎日が楽しくて楽しくて」

と笑い飛ばされてしまう。いまも定期的に弁当を差し入れにきてくれる奥さんの奈美江さんも、

「弁当屋をやってた頃の主人とは別人のよう。水を得た魚って、こういうことを言うんですね」

と驚いていた。

リエはリエで協栄広告時代の人脈をフル活用して、ケーブル鉄道の演出プランと開通に向けたプロモーション活動の企画に没頭している。

演出プランに関しては、港区にオフィスを構えるイベントプロデューサー、メディアプロデューサー、環境アナリスト、アートディレクター、舞台演出家、ファッションデザイ

ナーといった人たちに協力を仰いで、CO_2削減問題も絡めた『港区は車からケーブル鉄道へ』というキャンペーンを組み立てている。

さらにはサンフランシスコ市の関係者にも提携を持ちかけて、日米両国のケーブルカーを連携させて盛り上げようと計画。鐘鳴らしコンテストを共同開催するのをはじめ、沿線の人気地区、原宿、青山、六本木、赤坂、汐留を一つに結んだ一大カーニバルを開催して、花電車の発展形ともいうべきケーブル鉄道パレードも繰り広げようと画策している。

「港区って表参道にしても青山にしても六本木にしても、それぞれの地域がおしゃれタウンとして人気を集めているけど、全部が一体となって盛り上がることってまずないでしょ。その意味でケーブル鉄道が、おしゃれタウンを便利に移動できる交通機関っていうだけじゃなくて、各地域の気持ちを一つにネットワークするコミュニケーションツールになったらいいと思うの。そのために各地区のオピニオンリーダーを集めて、ケーブル鉄道の車内で『港区は車からケーブル鉄道へ』をテーマにシンポジウムを開催して積極的に交流してもらうことも考えてるわけ」

リエのアイディアはふくらむ一方で、持ち前の行動力と押しの強さで、その道の専門家や著名人をつぎからつぎにケーブル鉄道ムーブメントに巻き込んでいっている。

こうして徳さんやリエが外部との折衝《せっしょう》ごとに飛び回っているぶん、ひろみはオフィス内の仕事に忙殺《ぼうさつ》されるようになった。

これまでの総務や経理の仕事に加えて、メンバー全員のスケジュール管理と鉄プラの代表者として動くことが多くなったおれの秘書役まで務めるようになったことから、さすがに一人ではこなしきれない、と申し出てきて、いまではパートさんを三人雇《やと》って押し寄せる仕事を大車輪で切り回している。

このひろみのパワーにも驚いた。もともとひろみはリエとは違って、周囲の人間をぐいぐい巻き込んでいくタイプではない。にもかかわらず、二十代と三十代、三人のパートさんを統率して奮闘しているのだから、人間、大きな役割を与えられるほど本領を発揮するとはよく言われることだが、それを地でいく働きぶりだった。

それはミキオにしても同様で、最初のうちこそ徳さんのアシスタント的な存在だったが、途中からは徳さんの信頼を得てケーブルカーの車両開発をすべて任されるようになった。いまでは連日、車両製造メーカーの設計課に通い詰めて、ひと回りもふた回りも上の設計担当者と対等にやり合っている。

もちろん、おれだって頑張っている。こうしたみんなの頑張りに感謝しつつ、いまや総合プロデューサーとしてプロジェクト全体を仕切っているだけに、これまでとはまた違う忙しさの渦中《かちゅう》にいた。

日野宮氏からは、

「四月中旬までには関係各所との調整をすませますから、それまでに国土交通省と東京都、港区、渋谷区に提出する申請書類を仕上げておいてください」

と改めて締め切りを言い渡されている。これをハズすわけにはいかないから、ついにアパートの大家仕事は管理会社に任せて一刻たりとも立ちどまっていられない毎日に突入したのだった。

たとえばある日のスケジュールをざっと辿ってみるとこうなる。

朝九時、港区の都市計画課に直行。都市計画課長に根回しした後、九時四十五分、千代田区一番町《いちばんちょう》のシンクタンクの会議室に移動。十二時十五分まで事業計画の検証会議。十二時五十分、恵比寿のオフィスに一旦《いったん》戻り、決裁書類の山に目を通して判を押しまくってから、午後二時、丸《まる》の内《うち》の弁護士事務所へ。権利関係の打ち合わせをすませたら午後三時半には池袋に駆けつけて、徳さんと西都急行建設の見積もり検討会に出席。西麻布交差点の立体交差の改良に思いのほか金がかかることに驚くが、レール敷設は予定通り低コストですむとわかってホッとしたのも束《つか》の間《ま》、汐留の広告代理店、電博堂に向かったが外堀通りが事故で大渋滞。午後六時スタートのイベント企画会議に二十分遅れで滑り込み。リエと二人で電博堂からプレゼンを受けたものの、話にならなくて却下して、軌道修正のための打ち合わせを延々と続ける。午後十時半にやっと終了して、その足でオフィスに舞い戻って書類の整理やたまったメールの返信を書いているうちに、ああ腹減ったなあ、と時計を見るともう午前零時過ぎ。そういえば今日の食事はタクシーでの移動中にコンビニで買ったサンドイッチをつまんだだけだったな、と気づいたものの、この時間から外に食べにいく元気もなく、オフィスの給湯室に残っていたカップ麺を食べてさらにひと仕事して終わったのは午前二時半。

とまあ、こんな具合に移動と会議の連続で一日の大半が終わってしまう。

それでもおれは、これまでにない充実感に満たされていた。ジョギングやマラソンの趣味はないが、ランナーズ・ハイとはこういう気分なのではないか、と思えるほど不思議な快感に見舞われていた。体力的にきついことはきついのだが、そのきつさがふと気がつくと心地よさに転化しているのだ。

それはおそらく、ほかのメンバーたちも同様に違いない。みんながみんな、ランナーズ・ハイ状態で走り続けたからこそ、

「わずか二か月でよくぞ」

とだれもがびっくりする短期間で、関係各官庁に提出する申請書をまとめ上げることができたのだと思う。

そして、おれたちランナーにとっての第一チェックポイントとも言うべき四月二十日の午後三時。株式会社鉄路プランニングを発起人とする港区横断ケーブル鉄道建設の申請書を国土交通省、東京都、港区、渋谷区など各所轄《しょかつ》官公庁に提出した。それと同時に、リエが各メディアにプレスリリースをファクスで送信。それを受けてさっそく翌四月二十一日

の朝刊各紙に〝港区にケーブル鉄道計画〟の見出しが躍ることになったのだった。

それから十日後の早朝。鮫島町の日の出荘の前に黒塗りのリムジンが横づけされた。玄関チャイムに起こされて寝ぼけ眼《まなこ》でドアを開けると、いつもの初老の運転手が立っていた。

「お迎えに上がりました」

「ずいぶん早いですねえ」

朝一番で迎えにいくとは言われていたが、まさか午前七時が朝一番だとは思わなかった。

「明日、折り入ってお話ししたいことがあります」

日野宮氏から突然そんな電話がかかってきたのが昨夜の午後七時過ぎだから、そんなに急を要する話なのだろうか。

寝癖《ねぐせ》を整える間もなくそそくさと身づくろいしてリムジンに飛び乗った。すぐに発車したリムジンは鞠母坂を下って放射一号線に入ると、飯倉から首都高速に乗った。

「日野宮さんはどちらに？」

運転手に聞いた。一度も行ったことはないのだが日野宮氏の会社は品川《しながわ》、自宅の屋敷は港区の高級住宅街、多比羅《たひら》にあると聞いている。ところがリムジンは首都高速環状線を抜けて中央高速方面に向かっている。

「日野宮は蓼科《たてしな》の別邸におります」

普段から無駄口を叩かない運転手が答えた。蓼科。筒井善則もそうだったが、資産家には突如《とつじょ》として遠方に人を招く習性があるのだろうか。

ほどなくして入った中央高速はスムーズに流れていた。ゴールデンウィークの最中とはいえ飛び石の谷間の平日とあって、行楽の車も長距離トラックなどの仕事車もかなり少なく、リムジンは初夏の陽射しを浴びながら快調に飛ばしていった。

「日野宮さんのところは長いんですか？」

いましがた名前を聞いた運転手の辺見《へんみ》さんに尋ねた。

「来年で定年になりますから、もう四十年近くお仕えしています」

社用車の整備係として雇われて、整備一筋でやってきたが、十五年前に先代の運転手が定年で辞めてからは、ずっと日野宮氏の専属運転手を仰《おお》せつかってきたという。

「みなさんちゃんと定年まで勤め上げる会社なんですね」

「きちんとしたお家柄ですから、従業員にもそれは良くしてくださいます。企業というよりは家業の感覚で親身に接してくださいますし」

「敗戦直後に皇籍を離脱して苦労されたからでしょうかね」

さりげなく振ってみた。いきなり立ち入りすぎたかとも思ったが、辺見さんは一瞬、間

を置いてから、

「わたしは昭和三十八年の入社ですから詳しいことは知りませんが、機転の利く側近がいてくれたおかげで危機を乗り切ることができた、といつも日野宮が申しています」

「元皇族の中にはタクシー会社を興したり老人ホームを経営して成功した人もいたそうですけど」

「日野宮の側近は蓼科の別邸を外国人向けのリゾートホテルに改装して経営に乗りだしたそうです。当時、資金繰りに苦しんでいる元皇族に、皇室から一時賜金《しきん》として当時のお金で平均五百万円からの支援金が出たそうで、それを側近の一存で改装費用に全額投資したところ、進駐軍の将校たちが休暇のたびに押し寄せて大当たりしたらしいのです」

この成功を後ろ盾《だて》に、リゾートホテルの経営権と土地屋敷などの財産を担保に銀行から多額の融資を受けることができた。そのお金を財産税の支払いと、さらなるリゾート物件への投資に充《あ》てたことで今日の礎《いしずえ》を築くことができたのだという。

「やり手の方だったんですね。その人がいなかったら日野宮家もそっくり財産を失っていた可能性があったでしょうし」

「そうですねえ、まさに丸裸になりかけたと聞いていますから。それを考えると、せいと」

言いかけた言葉をふと辺見さんは呑み込み、

「小学校の生徒だった日野宮もさぞかしつらかったと思います」

と早口で言った。

運転席の辺見さんを見た。平静を装いながらも明らかに動揺している様子が見てとれた。それでピンときた。わざわざ小学校の生徒と言い換えた「せいと」は「西都」に違いない。「それを考えると西都」は何だと言いたかったのか。

しかし、その失言を取り繕《つくろ》うように辺見さんは話を変えた。

「蓼科まで、あと二時間ほどかかります。今朝は早起きしていただいてしまったようですから、しばらくお休みになられてはどうですか?」

そう告げると、しゃべりすぎを自戒《じかい》してか、それっきり余計な口を利かなくなった。

目覚めたときには蓼科高原にいた。長野県の諏訪《すわ》南インターを降りて三十分ほど山道を登ってきたところだそうで、リムジンは山の中腹の白樺《しらかば》の森の中を進んでいた。

やがて森の中に二階家ほどの高さがある鉄柵門が見えてきた。辺見さんがリモコンを取りだして操作すると門がゆっくりと左右に開いた。鉄柵門の中にはきれいに手入れされた石畳の並木道が右にカーブしながら続いていて、百メートルほど進むと正面に三階建ての大きな洋館が現われた。

建築様式にはあまり詳しくないが、コロニアル風とでも言うのだろうか、エンジ色の屋根からは屋根窓が突き出し、白い漆喰《しっくい》壁の二階と三階には装飾が施されたバルコニーがぐるりとめぐらしてある。

庇がついた玄関ポーチの前にリムジンが横づけされた。

「お待ちしていました」

玄関の奥から日野宮氏が出てきてリムジンのドアを開けてくれた。

そのまま一階のラウンジホールに案内されて、吹き抜け天井の下に設置された暖炉の脇のソファに向かい合って座った。

「骨董品《こっとうひん》みたいな建物なので驚かれたでしょう。ここは大正八年に竣工した日野宮家の別邸なのですが、なにしろ部屋数が多いものですから、昭和二十一年から東京オリンピックが開催された昭和三十九年までは外国人向けのホテルになっていました。当時、わたくしも学校が夏休みになるとここに連れてこられてベッドメーキングや部屋掃除の手伝いをさせられたものでしたが、優雅なアメリカ人が気前よくドルを落としてくれましてね。その後は再び別邸に戻しましたが、ここがあったおかげで、いまこうして鉄道をつくるような道楽ができるわけです」

日野宮氏は静かに微笑んだ。

おれは運転手の辺見さんから聞いた話を思い出しながら改めて洋館の中を見まわした。

どこからかジャズが流れてくる。ピアノとギターとベースのシンプルなトリオが、しっとり落ち着いたフォービートを奏でている。

「ピアノはアンドレ・プレヴィンです。若い方にはクラシックの指揮者として有名かもしれませんが、六〇年代までは何枚ものジャズアルバムを録音していましてね。これはその時代を懐かしんで九六年に録《と》った『アフター・アワーズ』というアルバムなのですが、こうしてジャンルの枠《わく》を飛び越えてのびのびと生きている人がわたくしは大好きなのです」

日野宮氏の思いがけない趣味に驚いていると、タキシード姿の執事が紅茶とお菓子を運んできた。

「食事も用意させてあるのですが、その前に話をすませておきたいと思いましてね。よろしければ食前酒でも飲みながらにしましょうか?」

「いえ、すぐ本題に入ってください」

おれは首を振った。わざわざ蓼科まで呼ばれたのだ、アルコールを口にしながら話すような内容ではないはずだと思った。

「そうですか、それでは食事の前にさっさと片づけてしまいましょう」

日野宮氏が近くに立っている執事に目配せした。執事は背筋を伸ばしたまま小さく会《え》釈《しゃく》すると、奥の部屋に下がっていった。

「まずは改めて、お礼を言わせてください。予想した以上の素晴らしい鉄道が完成に向けて走りだしたいま、わたくしはもう、子どもの頃みたいにわくわくしておりましてね。これも妹尾さんをはじめ、鉄プラの皆さんのおかげです。ありがとうございます」

深々と頭を垂れる。

「とんでもないです。ぼくたちこそ、こんな楽しい仕事をさせていただけて、みんな心から感謝しています」

思わず恐縮していると、

「ちなみに、その後、鮫島町のアパートのほうはどうされていますか？」

大家の仕事について聞いているらしかった。

「今年に入ってから管理会社に委託《いたく》しました。この仕事が終わらないことには面倒を見きれないと思うので、それまで大家の仕事は休業します」

「休業ということは、管理会社に任せるのは一時的なことで、また大家さんに復帰されるということですか？」

「ケーブル鉄道を開通させたらぼくの役目は終わりですから、いつまでも管理会社任せにはしておけません」

管理会社に任せると何かと経費を上乗せされて家賃収入から差し引かれるから、専業大家に戻ったらとてもやっていけない。

「それは困りました」

日野宮氏が口元を引き締めた。

「実は今日、こんなところまでお呼び立てしたのは、その点をクリアにしておきたかったからなのですが、妹尾さん、開通後も面倒を見てやってはもらえませんか」

「それはもちろん、開通直後はいろいろとトラブルも起きるでしょうから、翌日からすぐに手を離すようなことはしないつもりです」

「いえ、そういうことではないのです。開通した港区横断ケーブル鉄道が走り続けるかぎり、ずっと妹尾さんに責任者として面倒を見ていただけないかとお願いしているのです」

これには面喰《めんく》らった。今回の仕事はもともと三年間限定の約束だった。三年間でスケールのでかいおもしろい体験ができることからチャレンジを決めたのであって、徳さんのように鉄道が大好きという気持ちからはじめたことではない。それだけに、開通後もずっとやっていくとなると話は違ってくる。鉄道をつくることと鉄道を運営していくことは、まったく別のことなのだから。

「正直、いまのぼくには開通後のことまで考えている余裕はありません。まだやっと計画がまとまったところで、役所の認可も下りていない状態ですし」

慎重に言葉を選んでやんわりと辞退した。ところが日野宮氏はたたみかけてくる。

「役所のほうなら大丈夫です。あと二、三日もすれば認可が下りる手はずになっています」

「そんなに早く？」

「昨日、ここに東京都知事と港区長をお招きして食事をしたのですが、今回妹尾さんがメインのルートを港区に絞った計画にしてくださったおかげで、当初考えていた以上にすんなりと事が運びました。国のほうもすでに話はついていますから、その点はご心配には及びません」

どう切り返したものか言葉に詰まった。いまなぜ、わざわざ蓼科まで呼びだしてこんな話を持ちかけるのか、その意図もよくわからなかった。

「開通してからのことは、ぼくなんかより徳さんに任せたほうがいいと思います。徳さんは根っからの鉄道マンですし、今回のプロジェクトに最初から関わってきたメンバーでもありますから、二つ返事で引きうけてくれるはずです」

「徳武さんが力量不足だと言っているわけではけっしてありませんが、わたくしは妹尾さんにやっていただきたいのです。どこやらのゴルフ場でも動じなかった妹尾さんの器量を見込んだ上で、こうお願いしているのです」

驚いた。日野宮氏は、おれが筒井善則に会ったことを知っていた。いったい、いつ、だれの口から聞いたのか。

「筒井さん本人から聞きました。妹尾さんを試してみた、と彼は冗談めかして言っていましたが、妹尾さんの口から漏れるのを嫌って先手を打ったのでしょう。むろん妹尾さんは、そんなことはひと言もおっしゃいませんでしたが」

そこまでわかっていながら、黙って西都急行と取引を続けている日野宮さんの器量こそすごいと思った。この一件で筒井善則の急所をつかんでしまったからむしろ好都合、という判断に違いない。

ますます辞退の意思が固まった。いまの話で、これはおれがやる仕事でも徳さんがやる仕事でもないと悟ったからだ。

「開通後の責任者は日野宮さんご自身がやるべきだと思います。このプロジェクトはもともと日野宮さんの箱庭鉄道の夢を再現したものなんですから」

きっぱり告げると、日野宮氏は大きな吐息をついて指先で眉間をつまんで揉みほぐしはじめた。これほどあからさまに気持ちを態度にあらわす日野宮氏を初めて見た。

はっきり言いすぎたろうか。ちょっと後悔しながら日野宮氏の言葉を待った。

アンドレ・プレヴィンがおれの知っている曲を奏ではじめた。『ハニーサックル・ローズ』。小気味よくスウィングするギターはジョー・パスに違いない。

ふと意識を音楽に向けていると、ようやく日野宮氏が言葉を発した。

「わたくしではだめなのです」

低く押し殺した声だった。

なぜです？　と目で問い返した。

「わたくしが関われるのは鉄道を立ち上げるまで。その後のことには関われないのです」

「なぜです？」

今度は声にだして問い返した。

日野宮氏は一瞬、目線を外してから、嫌々をするようにゆっくりと首を横に振ると、この話題を断ち切るように言った。

「いますぐでなくてけっこうです、考えておいてくれませんか」

三日後、日野宮氏が断言したとおり、港区横断ケーブル鉄道建設の認可が関係各官公庁から一斉に下りた。

異例の早さだった。

いくら路面電車を再評価する動きが社会的に醸成《じょうせい》されつつあるとはいえ、既存の都市計画や道路行政も絡んでくることだけに、それを待ちわびていたおれたちですら、ここまで早く認可が下りるとは思っていなかった。それは世間の人たちも同様だったらしく、翌朝の新聞記事には「超特急認可」「異例ずくめ」「筒井善則効果？」といった言葉がちりばめられていた。

むろん、おれにもその真相はわからない。日野宮氏がどのように働きかけたのか、そこに筒井善則は関わっていたのか、あるいは蓼科の食事会のメニューが好評だったのか、そうしたことは何ひとつわからない。

だが、そんなことはどうでもいいことだった。おれたちは、おれたちが考えた企画を、ついに現実のものとして実行に移せることになったのだからそれで十分じゃないか。

鉄プラのメンバーも、その点に関しては同様の考えらしく、

「鍬入《くわい》れ式、派手にやるからね」

リエは早くも着工イベントの仕切りで頭が一杯になっている。

「どこでやるんですか?」

ひろみが聞いた。

「それはやっぱターンテーブルをつくる代々木公園前だよ。鉄道マニアの著名人を日米両国から招待して、代々木公園前とサンフランシスコを日東テレビに生中継で結んでもらって鍬入れを盛り上げる」

鍬入れのセレモニーが終わったら、原宿から汐留まで約十キロのルートを著名人とともにウォーキングでパレードして盛り上げる。こうしたイベントを通じて、おしゃれな街をショーアップして結ぶケーブル鉄道のコンセプトをアピールしていく作戦だという。

「実際に着工してからも、工事の進捗《しんちょく》状況を朝のニュースショーやドキュメンタリー番組に取材してもらうつもりなの。表参道に線路が敷けたとか、車両に取りつける発車の鐘が完成したとか、そういう情報がちょくちょく流れれば、みんな開通が待ち遠しくなるで

しょ」

　ちなみに開通期限までは残すところ二年と三か月になった。再プレゼンをやったぶん当初の予定より三か月ほど工事期間が短くなってしまったが、徳さんが西都急行建設に出させた工期見積もりによると、それでも十分に間に合うとのことだった。

「ケーブル鉄道というのが正解でしたわ。工期がかかるのは動力施設のケーブルカー・バーンの建設だけならわけないですから。道路にレールを敷いてケーブル用の溝をつくると、西麻布交差点の立体交差改良工事ぐらいでしょう。とくに西麻布交差点は六本木通りと首都高速の高架橋が二段重ねになってますから、両方の交通を遮断《しゃだん》しながら進めるとなるとギリギリ間に合うかどうか微妙なところですが、それはまあ、私がこまめに通って発破《はっぱ》をかけますから」

　ミキオが担当の車両開発も、既存の路面電車の車両を改造してつくることにしたから思ったほど時間はかからない。

「となると、一番大変なのは、開通日までの二年三か月、ミキオがひろみに嫌われないでいられるかってことだけね」

　リエが冷やかすと、

「それは大丈夫っすよ。リエさんを反面教師に仲良くやってますから」

「そうそう、新婚十日目に成田離婚したバツイチ女を反面教師にすれば大丈夫、ってコラッ！」

リエの身を削ったノリ突っ込みに、オフィスが笑いに包まれた。

ようやくここまでこられた。大変なこともいろいろあったが、吉野家での出会いからわずか八か月でここまで漕ぎつけられたとは、いまさらながら驚いてしまう。あとはみんなでゴールに向かって一直線に突き進むだけ。

いよいよだ。いよいよおれたちの発車の鐘が鳴らされた。港区横断ケーブル鉄道は、ショーの開幕に向けて走りはじめたのだ。

10

その異変に最初に気づいたのは徳さんだった。

その日の日づけだけは忘れもしない、港区横断ケーブル鉄道が着工になってちょうど六か月めの十一月十九日。午後十時過ぎに西麻布交差点の夜間工事現場に出向いた徳さんから電話が入った。

「妙な按配《あんばい》でしてね、もう三十分も待ってるんですけど、だれも現場にこないんですわ」

おれは例によってオフィスに居残ってメールを打っていた。

「だれもって、西都急行建設の担当者もですか？」

「西都急行建設の担当も下請けの現場監督も建設作業員もダンプカーもクレーン車も警備会社の交通誘導員も、とにかく、だあれもこないもんですから、道路も封鎖《ふうさ》されていないし工事用の照明も消えたままで真っ暗なんですわ」

おれはとっさにカレンダーに目をやった。西麻布交差点の改良工事と幹線道路のレール敷設工事はすべて夜間工事で、休工日は毎週月曜日と決まっているのだが、今日は金曜日。

「西都急行建設のプロジェクトルームに連絡は？」

「何度も電話してるんですけど、だれも出ません。個人の携帯電話も田所部長以下全員が、電源を切っているのか圏外《けんがい》にいるのかわかりませんが、繋がらないんですわ」

どういうことだろう。唐突に現場がストライキでもはじめたのだろうか。しかし、もしそうだとしたら管理職の田所部長から事前に何らかの連絡が入るだろうし、それなりのストライキ対策もとっているはずだ。

それに、携帯電話はともかくプロジェクトルームの電話にだれも出ないというのも解《げ》せなかった。夜間工事がある日は、万一の事態に備えて当直の人間が朝まで待機していることになっている。なのに、その万一の事態が起きた今夜、当直がいないのだから話にならない。

「とりあえず徳さん、オフィスに戻ってくれますか。ぼくも心当たりに連絡してみますから」

ほかに対処のしようがなくて、それだけ告げるとおれは受話器を置いた。

工事は第二段階に入っていた。

五月に着工して六月の梅雨時、長雨にたたられたこともあって多少の進捗停滞があったものの、梅雨明けからは例年にない晴天に恵まれたおかげで第一段階の遅れを取り戻すことができた。

第一段階は代々木公園の一画を借りてつくることになった動力施設のケーブルカー・バーンとターンテーブルの設置場所の基礎工事。さらにレール敷設に伴う道路工事計画の周知のために、ドライバーに向けて大々的な広報作戦を繰り広げた。それを踏まえて第二段階からは警察の全面協力により六本木通りを夜間一時通行止めにして、一番の難工事、西麻布交差点の改良工事に着工。さらに原宿と汐留の両端からレールの敷設工事もスタートした。

レール敷設の初日には、おれも原宿の現場まで出向いたのだが、思いのほか速いペースでレールが敷かれていくのに驚いた。徳さんたちが考えた新工法で、工場で製造したレールとケーブル溝と枕木《まくらぎ》が一体となったパーツを舗装を剝がした道路上に置いて、レールとケーブル溝以外の部分を再舗装するだけで完成するから、みるみるうちにレールが敷けていく。以前徳さんも言っていたが、なるほど、これなら高架鉄道や地下鉄と違って短期竣工が可能なわけだと改めて納得した。

工事が進捗するにつれ、世間の関心も高まってきた。リエのプロモーション活動のおかげでテレビや新聞、雑誌などで露出が相次いでいたものだから、休みの日などは主要な工事現場に見物人が集まるほどになっている。

「あとは西麻布交差点とケーブルカー・バーンの進捗状況しだいですが、よほどのトラブルでも起きないかぎり、まず再来年の夏の納期には竣工できますわ」

「車両のほうも間に合いそうですか？」

「基本的に箱に車輪をつけるだけなので、ミキオくんとしてはデザインに力を入れてるみたいですけど、まず大丈夫でしょう」

徳さんとこんな会話を交わしたのは、つい二日前のことだった。

さらにその二日前にはリエがサンフランシスコへ飛んでいる。広告代理店の電博堂のスタッフ以下十人近い撮影隊を率いて、じっくり一か月間かけて、ケーブル鉄道のテレビCFやプロモーションビデオ用の現地映像をスチール写真も含めて撮り溜《だ》めてくる予定になっている。

すべてが順調に進捗しているはずだった。すべての歯車ががっちり嚙み合っているはずだった。なのに、いったいどうしてしまったのか。

徳さんが西麻布交差点から戻ってくるまでの間、ひろみと手分けして関係各所に電話したりメールを打ったりしてみた。だが、徳さんが言うように西都急行建設の関係者にはまるで連絡がつかない。それ以外の人たちも夜十一時近い時間とあって連絡がつく人は少なく、連絡がついたとしても何の心当たりもないと言われるだけだった。

「そういえばミキオはどうしてるんだ？」

「夕方からデザイン事務所に詰めっきりで車両の内装の打ち合わせです」

「てことは、デザイン事務所はストライキしてないってことだ」

「そうなりますけど、ただ、デザイン事務所はミキオさんが直接声をかけたところなんです」

西都急行建設とは関係のない取引先だと言いたいらしい。

「車両製造会社はどうなんだろう。念のため、ミキオに確認をとってもらってくれるかな」

ひろみに指示していると、徳さんが戻ってきた。

「いやまいりました、タクシーで原宿の現場にも寄ってきたんですけど、原宿も真っ暗でしたわ」

「となると汐留も？」

「そうあってほしくないですけど、汐留担当にも連絡がつかないんです」

徳さんが天を仰ぐと、

「あたし、汐留を見てきます」

ひろみが立ちあがった。ミキオは移動中なのか携帯が留守電になっているらしく、居ても立ってもいられなくなったらしい。

「いや、ひろみはここに待機して連絡係を頼む。徳さん、一緒に汐留を見にいきましょう」

オズ・ノイのギターに叩き起こされた。時計を見ると朝八時を回ったところだった。

携帯のアラームを黙らせてから着信履歴を見た。だれからも着信はなかった。念のためにメールも確認したが、こちらも受信はなし。

ゆうべは深夜の三時過ぎまで徳さんと都内を駆け回っていた。

最初に確認しにいった汐留の現場が案の定、真っ暗だったものだから、もう一度、ほかの現場も確認してみようと西麻布、原宿、そして最後は池袋の西都急行建設の本社まで行ってみた。しかし結局、どこに行っても同じことで、ひとまず帰宅して明朝から改めて行動しよう、と別れたのだった。

その後、現場はどうなっているだろう。普段通りならもう夜間工事は終わっている時刻で、逆に午前九時からは代々木公園前の現場でケーブルカー・バーンの工事がはじまるはずだ。

今日は何事もなかったように工事がはじまってくれ。そう祈りつつシャワーを浴びて上がってくると、携帯の着信ランプが点いていた。ミキオだった。裸のまますぐに折り返すと、電話にでたミキオが開口一番、

「ニュース速報、見ました？」

やけに緊迫した声だった。ゆうべはデザイン事務所のスタッフと一晩飲んで、朝帰りし

てテレビをつけたところ、速報のテロップが流れたのだという。

「西都急行グループ本社が日野宮さんを告発するらしいです」

「告発？」

「不動産取引にまつわる詐欺行為が発覚したってことで」

「朝帰りで寝ぼけてんじゃないのか？」

「ほんとですって、確かに速報で流れたんすから」

わけがわからなかった。

「まずは事実確認だ、オフィスで会おう」

そう告げるだけで精一杯だった。

落ち着け、落ち着け、と自分に言い聞かせながら身づくろいした。髭を剃り、洗い髪をドライヤーで乾かしはじめたとき、そうだ、日野宮氏に電話しなければ、と気づいた。

再び携帯を手にして日野宮氏のホットラインにコールした。この電話はお客様の都合により、というアナウンスが流れて繋がらなかった。だったら屋敷のほうに、と再び携帯を手にした途端、着メロが鳴りだした。

知らない番号からだった。日野宮氏がどこかからかけてきたんだろうか。恐る恐る出てみると、新聞社の記者を名乗る男からだった。どうやっておれの携帯番号を知ったんだろう。それに考えてみれば、この男が本当に新聞記者だという証拠はない。

黙って電話を切った。そして、それを境に携帯電話にも家電《いえでん》にも、知らない番号からの着信が殺到して鳴りやまなくなった。

それから一週間ほどの間の記憶は、いくら思い返しても断片的にしか残っていない。ひとつひとつのシーンは細部のディテールまでしっかり呼び起こせるのだが、それらのシーンの前後にどんなことがあってどう繋がっているのか、連続した記憶として呼びだそうとするとうまく繋がってくれない。

最初の断片として思い出せるのはオフィスの前での出来事だ。

ミキオの一報を受けて泡を食って飛んでいったときのことだと思うのだが、オフィスがある十階までエレベーターで上がると、オフィスのドアの前に大勢の人間が群がっていた。

テレビカメラを担いだ男、竹竿《たけざお》のような集音マイクを突き立てた男、ＩＣレコーダーを握りしめた男、マイク片手にぶつぶつしゃべっている女など、テレビのニュース番組で見慣れたマスコミの取材陣がまず二十人以上はいた。

どうしたものか。躊躇《ちゅうちょ》していると不意にだれかに腕をつかまれて、いま降りたばかりのエレベーターの中に押し込まれた。

「だめですよ、マスコミの中になんか飛び込んじゃ」

ミキオだった。徳さんからおれを守るように言い渡されて、エレベーター脇の階段の陰に隠れていたのだという。

「別に悪いことはやっちゃいない」

「何言ってんすか、何も事情がわからない状態でマイクを突きつけられたら何て言うつもりなんすか」

そのままオフィスから引き離されてタクシーに乗せられ、とにかく身を隠してください、と何度も念押しされたのを覚えている。

仕方なくミキオに携帯を借りて徳さんに電話した。運よく繋がった。

「えらいことになりましたね」

徳さんは池袋にいた。西都急行建設に立ち寄るつもりで朝イチで直行したものの、受付で門前払いを喰らったという。

「どうしようもないので、いま喫茶店でテレビを見てるんですけど、実際に告発するのは今日の午後らしいんですわ。ニュース速報は事前のスクープみたいで」

「日野宮さんについて何か言ってます？　電話が繋がらないんですよ」

「行方不明です。警察やマスコミが捜し回っているみたいですが、居所がわからないみたいで。まったくどうなってるんだか」

徳さんにしてはめずらしく大きなため息をついた。

つぎの記憶では、おれはビジネスホテルのツインルームにいた。窓のすぐ近くに東京タワーが見えたから、芝公園《しばこうえん》か浜松町かそのあたりだと思うのだが、部屋には徳さんとミキオもいて三人で膝を突き合わせて善後策を話し合っていた。

が、いくら話し合ったところで事態を好転させる妙案は浮かばなかった。日野宮氏が西都急行グループから告発された事実だけはわかっていても、それはあくまでも日野宮氏と西都急行グループの問題であって、何も知らないおれたちは、ただただ傍観《ぼうかん》しているほかどうしようもない。

なのに、世間はそう思ってくれないからやっかいなことになる。おれたちは本当に何も知らないのに、鉄プラのオフィスやおれのアパートは報道記者にマークされていて、とても近寄れない状態になっている。

「徳さん、おれ、やっぱり記者会見をやろうと思うんですよ。このままだとあることないこと言われっぱなしだし」

さすがにうんざりしておれは言った。だが、徳さんは反対した。

「セーノさん、ここはじっと我慢の子っていうやつですよ。いま公《おおやけ》の場に出ていったら藪蛇《やぶへび》もいいところで、マスコミの餌食《えじき》になるだけですわ」

おれもそう思います、とミキオも賛同する。

「そりゃおれだってこんなの悔《くや》しいっすよ。車両のデザインだって、すげーいいのが上がってて、あとちょっとで製作にかかれるとこだったのに、インチキ野郎みたく言われて腹立ってしょうがないすよ。それでも、いまは耐えるしかない。わかってくださいよ、セーノさん」

オフィスのほうの対応はひろみが頑張ってくれている。関係各所との調整や連絡は徳さんとミキオの二人で何とかするから、もうしばらく沈黙を守ってほしい、と押しとどめられた。

そこまで言われては、おれとしてもそれ以上、何も言えなかった。黙ってうなずくことしかできなかった。

リエから電話があったのは、その日の深夜だった。いや、その翌々日の深夜だったろうか。そのへんの記憶は曖昧《あいまい》だが、サンフランシスコから太平洋を渡ってきた声にしてはやけにくっきりした声だったことはよく覚えている。

「何で連絡くれないのよ！」

リエはのっけから怒っていた。リエが事件を知ったのは、現地に同行した電博堂のスタッフ経由だった。日本じゃ大騒ぎみたいですね、とそれとなく告げられて驚いておれの携帯やオフィスに何度も電話したが、まったく繋がらなかったという。

「だれかが連絡してくれてると思ったんだ」

そう弁明した。

事件の直後から自宅の電話や携帯電話、オフィスの電話やメールも含めて、わけのわからない相手からの着信が爆発的に増えた。そこでメンバー同士の連絡は徳さんの奥さん、奈美江さんの弁当屋を中継して取り合うことにしていて、それについては当然、リエにも伝わっていると思い込んでいた。

ところが、あとでわかったことだが、同じように騒動の渦中にいたひろみたちは、リエと一番近しいおれが連絡を取っていると思い込んでいた。

「あんまりだよ、セーノ。こっちは何にも情報が入らないから、日本から連れてきた撮影隊が疑心暗鬼《ぎしんあんき》になっちゃって大変なの。このまま撮影を続けていいかどうかもわからないし、どうしたらいいのよ」

ここできちんと謝っておくべきだった。きちんと謝ってから、鉄プラ代表としての判断を伝えるべきだった。なのにそのときのおれときたら、精神的に追い込まれていた上に深夜の寝ぼけ眼だったことも重なって、リエが置かれている立場まで思いやることができなかった。

「そっちのことはリエの判断に任せるよ」

咄嗟におれはそう言っていた。

「あたしの判断？　何もわからないあたしに何をどう判断しろっていうわけ？」

声が裏返っていた。

「おれだって何もわからないよ。何もわからない中でもがいてるんだ。だからリエはリエで判断してくれって言ってるんだ」

こんな突き放し方はなかったと思う。遥か異国の地で撮影隊の男連中を引き連れて奮闘しているリエに対して、こんな無神経な言葉を発してしまったとは、いま思い返しても自己嫌悪に陥《おちい》る。

案の定、リエは切れた。

「わかった。そういうことならあたしはあたしで勝手にする！」

怒声《どせい》の直後に日本とサンフランシスコを結ぶ回線が断ち切られた。


ビジネスホテル生活をやめたのは、警察の事情聴取がはじまってからだった。

といってもおれは被疑者ではないので、事情聴取は任意だった。しかし、だからといって鉄プラ代表のおれが出頭を拒否すれば、事態がさらに悪化することは目に見えていたから、呼びだされるたびに連日のように警察署に出向いた。おれたちは何も知らなかった、ということを証明するためにも出向かないわけにはいかなかった。

その一方でマスコミでは、この詐欺疑惑《ぎわく》の全容が解明されはじめていた。テレビ、新聞、週刊誌によるスクープ合戦がはじまったからだ。おれとしては最初、西都急行グループが日野宮氏に何か仕掛けたのではないかと疑っていた。しかし、日野宮氏の容疑事実が一つまた一つとスクープされるにつれて、確かにこれは詐欺事件だと受け入れざるを得ない状況になってきた。

あの日野宮氏がまさか、という思いはいまだってないではない。心情的には日野宮邦彦という人物を信じたい。だが、どう良いほうに解釈しても日野宮氏の分《ぶ》が悪いことは間違いなかった。

衆議院の予算委員会でもこの事件のことが取り上げられた。このような詐欺的計画になぜ国土交通省は異例の短期間で認可を与えたのか、と野党議員から追及されて、国土交通大臣がのらりくらりかわしている場面が何度もテレビニュースで流された。

こうしたニュースに接するたびに、最初はただ驚いてばかりいたおれも、しだいにやりきれない気持ちに変わっていった。事件の真相はどうであれ、夢の鉄道づくりに一喜一憂《いっきいちゆう》して頑張ってきたおれたちという存在は、いったい何だったのか。そう思うと、やり場のない怒りとともに底知れない脱力感に襲われた。

日野宮氏は相変わらず行方不明のままだった。警察もマスコミも必死で行方を追っていたが、足取りはつかめていない。もちろんおれとしてもその後、幾度となく携帯電話や屋敷、別邸、会社にもしつこいほど電話したが応答はなかった。

ひょっとしたら、日野宮氏はもう日本にいないのかもしれない。ふとそんなことを考えていると週刊誌にスクープ記事が載った。日野宮氏が成田からアムステルダムへ飛んだことが判明したというのだ。その記事に記されていた出国日時を見て驚いた。おれが蓼科の別邸で日野宮氏と会った翌日の午後だったからだ。

将来にわたって鉄道の面倒をみてほしい。日野宮氏からの依頼を辞退したあの日の午後、別邸のダイニングルームで豪勢な昼食をご馳走になった。気まずい食事になるかと思ったが、そこは日野宮氏、そうした素振りは微塵《みじん》も見せずに、ビンテージ物のワインを抜いてくれたりジャズの話を振ってくれたりして和《なご》やかな時間を過ごさせてくれた。

食事がすむと、今日はゆっくり泊まっていかれたらどうです、とすすめられた。しかし、東京の仕事が気になったおれはそれも丁重に辞退した。それは残念ですね、と日野宮氏は一瞬、寂しそうな顔を見せたが、最後はまたいつもの柔和《にゅうわ》な笑みを浮かべて、

「まずは開通まで、よろしくお願いしますよ」

そう念押ししてからエントランスまで見送ってくれた。

あのときすでに日野宮氏は海外逃亡を考えていたのだろうか。それとも、あの翌日になって事態が急変したことから成田に急行したのだろうか。いまとなっては知り得ようもないが、その意味では、まだまだこの事件についてはわからないことだらけ、というのが正直なところだった。

事情聴取が進むにつれて鉄プラのスタッフにもお呼びがかかるようになった。サンフラ

ンシスコから電話があって以来、ぷっつりと音信が途絶《とだ》えてしまったリエを除いて、徳さんもミキオもひろみも何度となく警察署に足を運んでいる。

ただ、ここにきて警察の態度に変化が見られてきた。最初のうちは任意の事情聴取にもかかわらず、

「明日午前九時、間違いなく出頭するように」

と極めて高圧的な態度で完全に被疑者扱いだった。ところが捜査が進むにつれて、おれたちは何も知らずに雇われていたことが状況証拠からも物的証拠からも明らかになってきたことから、

「恐れ入りますが、ご足労いただけますか」

と柔らかい物腰に変化してきた。

それでも、おれたちに対するマークはゆるまなかった。事件の輪郭《りんかく》はあらかた見えてきたものの、肝心の日野宮氏が雲隠れしているものだから、おれたちを見張っているほかないのだろう。

膠着《こうちゃく》状態の捜査を象徴するように、工事現場も凍結されたままになっている。建てかけのケーブルカー・バーンも、敷きかけのレールとケーブル溝も、改良しかけた西麻布の高架橋も、資材が搬入《はんにゅう》されたばかりのターンテーブル設置現場も、哀しい姿をさらしたまま放置されている。

こうした状況の中、いまや鉄プラは鉄プラではなくなっていた。事件が発覚した直後は連日のようにオフィスの前に張り込んでいた報道陣が、潮が引くように姿を見せなくなったことはまあよかったのだが、それにつれて報道陣以外の関係者も寄りつかなくなってしまった。

事件前は毎日引きも切らずにやってきた工事関係者はもちろん、広告代理店マン、銀行員、税理士、飛び込みの営業マン、印刷屋、デザイナー、バイク便、保険の勧誘員に至るまで、だれ一人として姿を現わさなくなった。当然、電話も郵便物もファクスもメールもぴたりと止《や》んでしまって、機械が壊れたかと疑ったほどだった。

「こういうときこそ人間の見極めがつくってよく言うけど、ほんとにそうですね」

ひろみがため息まじりに言ったものだが、実際、その通りだった。

計画が順調に推移しているときは、忙しくて時間がないと言っているにもかかわらず、めし食いましょう、銀座いきましょう、ゴルフはどうですと調子よく誘いかけてきた連中にかぎって、あの日を境に電話の一本も寄こさない。その見事な手のひら返しには、呆れるのを通り越して笑ってしまう。

「その点、鉄道好きの仲間には感謝してますわ」

徳さんが言った。今回の事件はあくまでも出資者と請負会社のトラブルであって、ケーブル鉄道の計画自体には何の罪もない。そのことをちゃんと理解してくれて、計画が頓挫《とんざ》しないように署名とカンパを集める運動をはじめようとしてくれている人もいるらしい。

それで果たして四百億円もの資金の手当てがつくかどうかはわからない。でも、そこまでしてくれる心意気がうれしいじゃないですか、と徳さんは目を潤《うる》ませている。

「だけどリエさんはどうしちゃったんでしょうね。携帯に電話しても全然繫がらないし」

ひろみがふと漏らした。サンフランシスコから電話があったことはみんなに知らせたが、あれから二週間以上も経っているのに、いまだにリエは帰国していない。

「このまえの電話のときに、すこしアメリカでのんびりしてこいって言っといたんだ。彼女は彼女でアメリカで大変だったみたいだから」

おれはそう答えた。もちろん嘘だった。実はその後、撮影隊が帰国したことは確認している。リエとは現地で別れたらしいのだが、リエからは何の音沙汰もないことから、いまどこでどうしているのかまったくわからないままだ。

あの電話がいけなかったのだ。

あのときおれが無神経な言葉を吐いたばかりに、リエはすべてのことに失望して姿を消してしまった。

「もしまた電話があったら、早く帰ってくるように伝えてください。アメリカで日野宮さんを匿《かくま》ってるんじゃないか、なんて言ってるコメンテーターがいたんですけど、そんな出《で》鱈目《たらめ》なことを言われるのが悔しくて」

ひろみが唇を嚙みしめた。

潮時かもしれない。

不意に思った。このところずっと迷い続けてきたことだが、いつまでもこうしていてはいけないのかもしれない。

こんな状況になっても、鉄プラのメンバーはいまだに律儀《りちぎ》にオフィスに通ってきてくれている。いまや、やるべき仕事は何もない。あったとしても、今回の事件に対する苦情への応対か、マスコミの取材申し込みを断わったりするぐらいなのだが、それでも朝九時の出社時間にはリエを除いた全員が顔を揃えている。このオフィスにやってきて一日を過ごすことが、ケーブル鉄道の開通をまだ諦めていない、という意思表示であるかのように。

むろんおれの中にも、ひょっとしたら工事が再開できるかもしれない、という淡い期待がないではない。しかし、いつまでもそんな期待を引きずっていてはいけないと思った。鉄プラのスタート時には一億円もあった事務所の運営資金も底を尽きかけている。運営資金が足りなくなったらいつでも言ってください、と日野宮氏からは言い渡されていたのだが、こうなってしまっては追加してもらうこともできない。となれば、みんなの給料や家賃が払えるのもあとわずかな期間、ということになる。

けじめをつけるなら、いましかない。そして、それを決断できる人間はおれしかいない。

十二月二十日の朝九時。

いつものようにオフィスに四人が顔を揃えたところで、おれは席を立って告げた。

「みんな、いろいろとありがとう。残念だけれど、ここで一区切りつけるためにも、今日でこのオフィスは閉鎖します」

一瞬、オフィスの中が静まり返った。が、すぐにミキオが立ち上がって異議を唱えた。

「セーノさん、ここで諦めちゃったら、いままで何のためにやってきたんすか。開通の日まで鉄プラに解散はありえないです」

ひろみも声を上げた。

「いま解散を決めるのは早すぎると思います。だってここにはリエさんがいません。こんな大事なことをリエさん抜きで決めちゃいけないと思います」

徳さんも言葉こそ発しないが、同意できない、という面持ちでいる。

おれは改めて三人の顔を見渡した。

「ぼくはオフィスを閉めると言っただけで、鉄プラを解散するとは言っていません。ぼくとしても正式に解散するのはリエの承諾を得てからと思っています。ただ、みんなもわかっているように、その日が来るまでこのオフィスは維持できないし、みんなに今後の道を探ってもらう時間も必要になる。その意味でも、ぼくの一存で申し訳ないけれど、本日づけをもってこのオフィスを閉鎖します」

それだけ告げると、おれは黙って自分のデスクを片づけはじめた。みんなはまだ茫然《ぼうぜん》としていたが、いまのおれにできることはもはやそれしかなかった。

11

二〇三号室のヤマモトさん宅のトイレがまた水漏れを起こした。昨日の午後、水洗タンクの下のパイプを交換したばかりだというのに、まだ天井から水が垂れてくる、と一〇三号室のミヤシタさんから苦情がきてしまった。

プロの配管業者に頼む手もないではないのだが、この程度の修理でいちいちプロを呼んでいたらコストがかかって仕方がない。パイプを一本交換しただけでも、出張料だの特急作業料だのとあれこれ上乗せされるのだからかなわない。そこで、できることは自分の手でやるのが一番、と割り切って、今日もまた排水パイプと格闘することにした。

大家の仕事に復帰して二か月が経つ。長い二か月だった。鉄プラ時代はとにかく時間がなくて、二か月など瞬く間に過ぎ去ったものだが、そんな多忙の中にあって溜まりに溜まったストレスを、ゆるゆると癒すように時が流れていった。

その間、新年を迎えたり、例年にない寒波が襲来したり、東京に初雪が舞ったりしたが、おれはただひたすら淡々と生活していた。

鉄プラのメンバーとは、オフィスを閉鎖して以来、だれとも会っていない。連絡もとっていない。

薄情なものだと思われるかもしれない。しかし、それでいいのだと思う。徳さんもミキオもひろみも、

「オフィスは閉鎖しても鉄プラは解散しない」

と言っていたが、オフィスという拠《よ》り所がなくなってしまえば自然と疎遠《そえん》な仲になってしまうのは当然の流れだからだ。

仮にオフィス以外のどこかで集まるにしても、おれたちは鉄道づくりという目標があったからこそ集まれた。その目標が消えたいまとなっては集まる必然がない。

だから本当にこれでいいのだ。こうしてまたおれは、つぎの何かを見つけるための日常をこつこつ繰り返していけばいいのだ。

改めてそう自分に言い聞かせながら、会社勤めをしている二〇三号室のヤマモトさん宅に合鍵で入り、水洗タンクの下の配管を再点検した。

原因はすぐにわかった。昨日、パイプを交換した際に配管の根元に隠れている接続用のナットをしっかり締め直していなかったのだ。ほっとした。もし床下の配管がやられていたらプロを呼ばなければならないと覚悟していたが、レンチでキュッキュとナットを締めただけで作業が完了した。

一仕事終えたところで貴島精肉店でメンチカツを買ってきた。これと昨日の残りご飯で

昼めしにしようと思った。

アパートに戻って炊飯器からご飯をよそって炬燵に入った。メンチカツにどぼどぼとソースをかけて、さあ食べようと箸を手にしたとき、充電器に差してある携帯電話の着信ランプに気づいた。

このところはろくに着信がないものだから、近所に出掛ける程度のときは携帯を持ち歩かなくなり、着信やメールのチェックもしなくなっていた。

だれだろう。アパートの住人には緊急連絡用に携帯の番号を教えてあるから、またどれかの部屋でトラブルが起きたのかもしれない。

そう思いながら携帯の蓋を開けて着信相手を確認した。

リエからだった。

原宿駅に着いたのは約束した午前十時の五分前だった。

陽射しがぽかぽかと暖かい。明日は寒波が一時的にゆるんで三月中旬の陽気になるでしょう、と昨日の天気予報では伝えていたが、めずらしく予報が的中したようだ。

平日の午前中とあって人通りはさほど多くないが、街を歩くにはこれぐらい落ち着いた雰囲気のほうがいい。ゆっくりと駅前の光景を眺めながら、リエに指定されたカフェを目指した。日野宮さんに再プレゼンしたときのあの店だ。

カフェの店内は開店したばかりとあってがらんとしていた。リエの姿は見当たらない。この手の店でお決まりのアントニオ・カルロス・ジョビンのボサノバが静かに流れている。

コーヒーを頼んで十分ほど待ったろうか。いらっしゃいませ、という店員の声の先に、髪を思いきりショートにしたリエがいた。

すっぴん顔に黒いセーターとジーンズとスニーカー。ラフなスタイルだったが、店員の男の目がリエを追っている。三か月ぶりの再会だったが、店内に入ってきただけで男目を惹くところは相変わらずだった。

席に着くなりリエもコーヒーを注文した。それからスッと背筋を伸ばしたかと思うと、

「ごめんなさい」

深々と頭を下げた。

いきなり謝られたものだから、ついおれも背筋を伸ばして、

「おれのほうこそ、ごめん。あのときはどうかしてた」

同じように頭を下げたつもりが、ぎくしゃくした動きになってしまった。

途端にリエが笑いだした。

「変だね、あたしたち」

つられておれも笑った。

身構えていた気持ちがスーッとほどけた。正直、おたがいに気まずい再会だったが、これで肩の力が抜けて自然な会話に入っていけた。

リエが帰国したのは昨日の夜。着いてすぐにたたみ屋で会うことも考えたが、その後、日本の状況がどうなっているかわからない。とりあえず一晩様子を見てからおれに電話してきたという。

「だって、もっと騒いでるかと思ってたから」

今回の事件のことを言っている。テレビを見ても新聞を読んでも事件のじの字もないから拍子抜けした、と苦笑する。

「この国じゃ三か月前のことなんか遥か昔の過去だからさ。いまは謎のバラバラ殺人事件で大騒ぎだ」

「じゃあ三か月も日本を留守にしてたあたしも過去の女だ」

「そう、おれも忘れかけてた」

「やだほんとに？」

口を尖《とが》らせて拗《す》ねてみせる。冗談だ、と言うかわりに微笑んでみせてから、

「けど何をしてたんだ？」

いままでどこでどう行方不明になっていたのか尋ねた。

「温泉めぐり」

「ほんとに温泉めぐりしてたんだって。知ってる？　アメリカにも温泉施設がたくさんあるんだよ」

「冗談はいいから」

徳さんとサンフランシスコに行ったときに知り合った元ケーブルカー技術者のじいさん、ボブから教わったのだという。ボブはかつて米兵として日本に駐留していた頃に入った温泉の気持ちよさが忘れられなくて、アメリカに帰国してからもひと仕事終えるたびに温泉に浸かりにいっている。そんな話を聞いたことを思い出して、西海岸の温泉施設をめぐり歩く旅をしようと思い立ったらしい。

「撮影予算がたくさん余ってたからね。カリフォルニア州のギルロイ・ホットスプリングス、ミラクル・ホットスプリングス、コロラド州のスチームボート・スプリングス、いろんなとこに行って温泉に入ってたの」

楽しそうに笑う。その笑顔についい油断した。

「気楽なもんだよな、もっとナイーブな逃亡生活を送ってるんじゃないかと思って心配してたんだぜ」

軽口のつもりだった。本当に軽口のつもりだったのだが、そう口にした途端、リエの顔色が変わった。

「そんな言い方はないよ」

語尾が震えていた。笑顔を真に受けたおれが馬鹿だった。明るく語ってはいたけれど、リエにとっては、まだ軽口を叩くような話題ではなかったのだ。

リエが堰《せき》を切ったようにしゃべりだした。

「あたしがどんな気持ちで向こうにいたと思ってるの？　撮影隊の男たちを十人も引き連れてアメリカに飛んで、撮影許可をとってたはずの場所に行ったら断わられたり、現地で雇ったエキストラが途中で全員逃げちゃったり、それでなくてもトラブル続きの現場で頑張ってたのに、突然、詐欺事件でケーブル鉄道の建設が中断したって撮影隊の人から聞かされたんだよ。なのにセーノからは何の連絡もないし、こっちから電話しても繋がらないし、撮影隊からは撮影はどうするって迫られるし、状況がわからないからお茶を濁《にご》してたら怒りだすし、やっとセーノに電話が繋がったと思ったら、そっちで勝手に判断しろって突き放されるし。それで頭抱えて考え込んでたら撮影隊が荷物まとめてさっさと日本に帰っちゃうし、じゃあ、あたしはどうするのって話じゃない。そんな状態でアメリカに取り残されたあたしが、なんで気楽な気分でいられるのよ。あたしがいったいどんな気持ちで、どんな気持ちで」

言葉に詰まったまま両手で顔を覆《おお》った。小さな肩が激しく上下している。感情の昂《たか》ぶりを必死で堪えている。

店員の男がこっちを見ている。朝っぱらから痴話喧嘩《ちわげんか》かよ、といった顔だった。

おれは黙っていた。返す言葉が見つからなかった。

やがてリエは俯いたままゆっくりと目頭を拭うと、

「日本に帰るのが怖かったの」

ぽつりと言った。

「あんなに楽しかった毎日が全部終わっちゃうんだって思ったら、日本に帰るのが怖くなって帰りたくなくなっちゃったの」

温泉めぐりを思いついたのも無意識の現実逃避だったかもしれないという。

「だから一人でお湯に浸かっていても何かに急かされてるみたいな気持ちになって、ちっともリラックスできなかった。それでも意地になってあっちこっちの温泉に行ったけど、時間が経てば経つほどつらくなってきて」

そんなとき、観光ビザの期限が切れそうになった。観光ビザの滞在期限は九十日間と定められている。不法滞在状態で居続けることも考えたものの、そこまではできない、と里心がついて恐る恐る日本に帰ってきた。

「申し訳ない」

改めておれは頭を下げた。

リエは黙って首を左右に振るとコーヒーに手を伸ばした。さっき店員が持ってきてからまったく手をつけていなかった。おれもコーヒーを口に運んだ。すっかりぬるくなっている。

気まずい苦さを噛みしめていると、店内にイヴァン・リンスが流れはじめた。ボサノバから踏み込んでブラジリアン・ミュージックまで流しているカフェはめずらしい。

音に耳を寄せていると、リエが顔を上げた。

「結局、何があったの?」

いつもの口調に戻っていた。いや、意識していつもの口調に戻して言った、といったほうが正しいかもしれない。

「セーノの口から事件のすべてをちゃんと聞きたいの。こま切れの情報はあたしの耳にも入ってるんだけど、結局、どんな事件だったのかさっぱりわからない」

真っ直ぐ目を見据えられた。

「長い話になるけど」

「どれくらい?」

「話してみないとおれにもわからないくらい、長い」

リエがスッと席を立った。

「歩きながら話そっか」

そう言うと、おれのそばに置いてあった店の伝票をつかみとった。

代々木公園の前はがらんとした広場になっていた。つい三か月前まではターンテーブル建設の下準備としてアスファルトを掘り返して基礎工事がはじまっていたのに、いつのまにか再びアスファルトで覆われてしまっている。いまや工事の痕跡《こんせき》は微塵も残っていない。

その真新しいアスファルトの上でリエは立ちどまった。腰に手を当てて、ゆっくりと周囲を見回すと、

「あたし、もう一度、『港区横断ケーブル鉄道』のルートを歩いてみたいんだ。十キロも歩けば長い話もできるだろうし」

おもしろい提案だった。

「よし、歩こう」

即座に賛成して歩きだそうとすると、リエが右手をチョキの形にして笑いかけてきた。テープカットをやろうと言っている。なんだか照れ臭かったが、おれも右手をチョキにした。

二人で呼吸を合わせてテープをカットしてから最初の電停『表参道ヒルズ前』に向かって歩きだした。

いい天気だった。空は気持ちよく晴れ上がり、二月の下旬とは思えないほど陽の光が暖かい。

「どこから話そうか」

しばらく歩いたところでおれのほうから切りだした。

「どこからでも」

時間はたっぷりあるんだから、と促された。

「だったら、日野宮さんのお父さんの話からしようか」

今回、マスコミによって明らかにされた事件の全容を初めから話すことにした。

「お父さんって、九十七歳で大往生した恒彦さんでしょ？」

「うん。日野宮家の家督《かとく》を長年にわたって担ってきた日野宮恒彦氏の大往生。それが事の発端になったんだ」

おれが日野宮氏と出会った一年半前からさらに遡ること半年前のことだった。

死因は心不全と発表されたが、早い話が老衰《ろうすい》だった。その朝、いつまでも起きてこない老翁《ろうおう》の寝室を家族が見にいったところ、ベッドの中で穏やかに息絶えていた。

そこでさっそく、すでに母親も亡くしていた息子の日野宮邦彦氏が日野宮家の家督を継承することになった。港区多比羅の五千五百坪に及ぶ自然林に囲まれた土地屋敷のほか、蓼科、軽井沢、伊豆、金沢、ハワイ、シンガポールなどに所有しているホテルやリゾート施設などの事業資産も含めて、父親が所有していた全ての資産が邦彦氏のものになるはずだった。

「はずだったって、邦彦さんのものにならなかったの?」

「実は邦彦さんが喪主《もしゅ》となって執り行なわれた告別式の翌日、事情が変わったんだ」

その日、朝一番で邦彦氏のもとに亡き恒彦氏の顧問弁護士から連絡が入った。恒彦氏から内密の遺言書を託されていたというのだ。


私事、日野宮恒彦が所有する全ての資産は長男の邦彦に遺産相続させるものとする。但し、港区多比羅一丁目十番の土地及び屋敷については、自然保護区域として永年にわたり保存されることを前提として、これを全て日本国へ寄贈することとする。

尚、寄贈の日時については、私の没日より正味三年の猶予《ゆうよ》期間を経た後に実行されるものとする。


「つまりは自宅の土地と屋敷は息子に譲らずに、そっくり国にプレゼントすると言ってるわけだ」

「いまどき気前よすぎない? 慈善《じぜん》事業にしたって先祖代々の自宅の土地屋敷をプレゼントしちゃうなんて」

「一見、そう思うよな。だけど、実はこの寄贈には恒彦氏の深い意図が隠されていたんだ」

かつてのバブル景気以来、低迷が続いていた東京の地価は、ここ数年、再び上昇しはじめていた。六本木ヒルズ、表参道ヒルズ、東京ミッドタウンをはじめ都内の各所で再開発ブームが巻き起こり、商業地域のみならず住宅地域にも高層ビルや高層マンションがつぎつぎに計画され、土地需要は増す一方。とりわけ港区は東京平均を上回る地価上昇率で、その住宅地域の一等地、港区多比羅の坪単価は一千五百万円以上にも上っていた。

「そんなに高いの？」

「驚くほどじゃないよ。麻布や赤坂、新橋あたりの商業地域の一等地なんか坪単価二千万円以上だってザラだし、表参道だっていま表参道ヒルズを建設してるけど、これが竣工した暁《あかつき》には坪七、八千万、いや一億はいく、なんて予想してる人もいるからね」

ちょうど差し掛かった表参道ヒルズの建設現場を見上げながら言うと、

「坪一千五百万円で驚いてる場合じゃないわけだ」

リエがため息をついた。

「だけど、たとえ坪一千五百万円でも五千五百坪あれば総額だと、えーと、八百二十五億円。これはこれでまたすごい金額だよね」

加えてホテルやリゾート施設などの事業資産もあるから、資産総額は少なく見積もっても一千二百億円以上。

「頭がクラクラしそう。ほんとにすごい資産家なんだね」

「でも、日本の資産家としてはまだまだ下のほうだよね。筒井善則は三兆円、森山《もりやま》ビルの森山一族は七千五百億とか言われてるんだから」

「それは上を見ればきりがないけど、やっぱすごいものはすごいよ」

「まあ確かに、一千二百億円だって少なくはない。いざ相続するとなれば、現在の相続税の最高税率は五十パーセントだけど、当時の最高税率は七十パーセントだったから、それで計算すると相続税は八百四十億円」

「やだ高すぎ」

そこで、それだけの納税金をどこから捻出《ねんしゅつ》すればいいかということになるが、考えられる方法は三つある。
一、資産を担保に借金する。
二、事業資産を処分する。
三、港区多比羅の土地屋敷を処分する。
まず一はありえない。相続税のために八百四十億円もの借金はまず無理だろうし、仮に借金できたとしても八百四十億円ものお金を返済する目処など立つわけがない。といって、二を選んで事業資産を全部処分してしまったら日野宮家の財政基盤を失ってしまうからこれもだめ。となれば結局は、港区多比羅の土地屋敷を高値で処分するのが、もっとも現実的な納税方法ということになる。

「ところが、父親の恒彦さんは、この納税方法は絶対にとりたくなかった。敗戦後の苦い思い出があったからね」

「皇籍離脱のときのこと？」

「そう、父恒彦さんの中ではそれがずっと尾を引いていた」

「けど日野宮家はうまく切り抜けたんじゃなかったっけ」

「ほかの元皇族に比べればうまくやったほうってことでさ。日野宮家だって無傷だったわけじゃなくて、当時、港区多比羅の土地を三分の一ほど切り売りしてるんだ」

「てことは日野宮家はもともと八千坪以上も所有してたってこと？　すごい土地持ちじゃない」

「いや、当時の皇族としてはふつうのレベルだよね。たとえば現在、渋谷区内にある常陸宮邸は一万二千坪ほどあるから、八千坪程度ならまだ小さいほうで」

「で、その三分の一が切り売りされた結果、息子の邦彦さんの箱庭鉄道が破壊されてしまったわけね」

「そういうことになる。ただね、切り売りとはいっても、実際は二束三文で業者に奪い取られたと言ったほうが真実に近いんだ。その当時の土地売買契約書が週刊春秋《しゅんじゅう》にスクープされたんだけど、買い取った業者側は、まず買取金額の二十分の一を頭金として支払い、残金は二十年後に支払うという契約を結んでいた。そのかわり残金支払いまでの二十年間は年五分の利息を入れるっていう条件でね」

「なんかズルくない？」

「ズルいというよりひどいよね。リエも前に言ってたけど、戦後はインフレがものすごかったから、二十年も経ったら金銭価値なんてまるで変わっちゃうわけで」

　実際、元皇族が皇籍離脱した昭和二十二年には米一俵が七百円だったのに対して、二十年後の昭和四十二年には七千七百九十七円。つまり物価が十倍以上になったわけだから、業者が二十年後に支払った買取金額の二十分の十九の金銭価値は、二十年前の十分の一しかなかった。

「それって、同じ元皇族の麻華宮家や白石川家が邸宅を買い叩かれたときとそっくり」

「そうなんだ。となれば、どこの業者が買い取ったかわかるだろ？」

「西都急行」

「正解」

「やっぱそこに繋がるんだ」

「それでも日野宮家の場合は優秀な側近がいたおかげで、それ以上、業者の食い物にされないですんだ。邦彦さんの運転手から聞いた話だと、蓼科の別邸を外国人向けのリゾートホテルに改装して乗りきったらしいんだね。その意味では日野宮家はまだ幸運だったといえるけど、でも父恒彦氏としては幸運だなんて喜んでいられなかった。明治天皇から下賜《かし》されて以来守り続けてきた大切な土地を三分の一も二束三文で奪われたわけで、その屈《くつ》辱《じょく》は一生涯忘れられなかった」

それはもう箱庭鉄道を破壊された息子にも増した悔しさを嚙みしめて、もう二度とこの土地をブルドーザーに蹂躙《じゅうりん》させるような真似はさせない、と心に誓った。その強い思いが港区多比羅の土地屋敷を国に寄贈しようという発想につながった。

由緒《ゆいしょ》ある土地建物を文化財として国に寄贈してしまえば、まず相続税の納付は必要なくなる。しかも『自然保護区域として永年にわたり保存されることを前提として』という条件つきで寄贈すれば、土地屋敷の周囲に広がる貴重な自然林も含めて保護される。これならば日野宮家のプライドと資産を未来永劫《えいごう》に守り続けられる、と考えた。

「ただ、ここで注目したいのは、国への寄贈にあたって、父恒彦さんはもう一つ条件をつけていたことなんだよね。『寄贈の日時については、私の没日より正味三年の猶予期間を経た後に実行されるものとする』という一文は、実は、最後の最後になってわざわざ追加したものらしいんだ」

どういうこと？　とリエが首をかしげる。

「あれは父恒彦さんの親心だ」

「親心？」

「父恒彦さんは、自分の死後でなければ遺言状が見られないようにしていた。おそらくは息子に反対されないようにそうしたんだと思うんだけど、でもそうなると息子邦彦さんは、父親が亡くなった直後に突然『国への寄贈』を知らされることになる。これって息子にとっては青天《せいてん》の霹靂《へきれき》ってやつだよね」

港区多比羅の土地屋敷を国へ寄贈するということは、息子邦彦氏にとっては長年住み慣れた故郷を明け渡すことを意味する。そこで父恒彦氏は、息子に準備期間を与えてやることにした。自分の死後三年あれば、心の整理も新しい住まいの手当てもできるだろうと。

「だけど三年間の猶予期間なんて、そんなのありなの？　死後三年経ってから寄贈するってことは、それまでは国有財産じゃないわけだから、それだと一旦は息子が相続しなきゃならないんじゃない？」

「ところが、その点も父親は抜かりなかった。それをクリアするために遺言書をしたためる前に時の財務大臣に嘆願書《たんがんしょ》を出しているんだ」


私事、日野宮恒彦は、没後三年の経過をもって港区多比羅の土地屋敷を国へ寄贈することを約しておりますが、その実施に当たっては、遺族の撤収《てつしゅう》準備期間として三年間の税務執行猶予の特例措置《そち》を講じていただきたく存じます。

早い話が、巨額の土地屋敷を寄贈するんだから、残された遺族にこれくらいの配慮はしてやってくれ、と願い出た。

「そんなことできるの？」

「できたんだ、当時の財務大臣が白石川重成《しげなり》だったという幸運のおかげで」

「よくわかんない」

「白石川だぞ」

「あの白石川家ってこと？」

「そう。元皇族には政界に進出した人もいるんだけど、白石川重成もその一人だった」

当然ながら日野宮家とは親戚《しんせき》関係にある。しかも敗戦後には同じ境遇で苦労しただけに、恒彦氏から泣きつかれた白石川重成は、恒彦氏の苦悩が肌身にしみた。とても他人事とは思えなかった。

そこで白石川重成は、当時の財務事務次官を呼びつけた。そして、代々の土地を国有財産に差しだすというんだから、三年の猶予期間ぐらい与えてやれ、と談判《だんぱん》して内密の特例措置を認めさせてしまった。

一部マスコミの報道では、それと引き換えに多額の金銭も動いたとされているが、その真偽のほどはともかく、白石川大臣の力添えのおかげで三年の猶予期間という親心が実現に至った。

「ところが、この親心が今回の事件の大きな下地になってしまったんだ」

父恒彦氏の死後、顧問弁護士を通じて「国への寄贈」と「三年の猶予期間」を伝えられた息子邦彦氏は、父親の土地屋敷への愛着と息子への親心は察したものの、内心は複雑だった。

いくら父親の遺志とはいえ、いくら愛着のある土地屋敷を守るためとはいえ、三年後にはその土地屋敷を国に引き渡さなければならない。邦彦氏は奥さんと息子夫婦、そして三人の孫と同居していたらしいが、そうした家族も含めて日野宮家は永遠に代々の土地屋敷に暮らせなくなってしまう。

邦彦氏は元皇族という日野宮家の境遇を呪《のろ》ったに違いない。戦後の苦難を歯を食いしばって乗り越えて今日まで踏ん張ってきたというのに、なぜまた痛めつけられなければならないのか。なぜここまでいじめられなければならないのか。

「日野宮さんは、そんな理不尽に耐えきれなかったと思うんだ。だから追い詰められた末に、このまま黙って貶《おとし》められてなるものか、と復讐《ふくしゅう》を思い立った」

「だれに復讐するわけ？」

リエが立ちどまった。

「日野宮家を踏みにじったやつらにさ」

「皇室典範改正を指示したアメリカってこと？」

「もとを辿ればそうなるけど、日野宮さんはもっとわかりやすい相手を選んだ」

「ひょっとして西都急行ってこと？」

うん、とうなずいた。

「それは相手が違うんじゃない？　日野宮家が西都急行のあくどい商売にしてやられたのは確かだけど、だからって西都急行に復讐するっていうのは筋違いだよ」

「それでも日野宮さんは西都急行を復讐のターゲットに選んで、そこから今回の事件が動きだした」

「なんでそうなるの？」

リエが食い下がる。

「言いたいことはわかるよ、マスコミの中にもそういう論調は多かったし。ただ、それでも日野宮さんにとってはそれが自然な流れで、どう説明したらいいかな」

おれはいま一度、頭の中を整理し直して、これはあくまでもおれの考えだけど、と断った上で続けた。

「日野宮さんの人生っていうのは、すべてがあの〝箱庭鉄道の悲劇〟が原点になっていると思うんだ。日野宮さんが新宿のホテルで箱庭鉄道の話をしたときのこと、覚えてるかな。あのときの話がすべてを物語ってると思うんだけど、日野宮さんの人生っていうのは、少年時代に刻《きざ》みつけられたやり場のない喪失感《そうしつ》をひたすら埋《う》め戻していく人生だった。だけれども結局、それは埋め戻しきれなかった。だから日野宮さんの中にある大人の理性では、日野宮家を翻弄した相手は国家だとか身分制度だとかそうしたものの総体であることはわかっていたけれど、長年引きずってきた日野宮少年の心からすると、ブルドーザーで箱庭鉄道を無残に破壊したやつらを憎まないことには心の収拾がつかなかった。理性を超えた感情の部分で納得できなかった」

わかるかな、と確認するようにリエを見た。

「やっぱ大きいものなんだね、子どもの頃に受けた心の痛手って」

リエは小さく嘆息した。

ケーブル鉄道のルートを辿るウォーキングは、表参道交差点を通過して青山通りに入っていた。いましがた青山ベルコモンズがある『外苑前』を通過したところだから、まもなく二キロ地点になる。

時刻はいつのまにか正午近くになっていた。二月とは思えないぽかぽか陽気とあって、早くもランチに出てきた人たちの中にはコートを脱いで歩いている人も多い。おれたちも夢中で話しながら歩いてきたものだから、体は汗ばんで喉はカラカラ。小休止がてら通りがかりの自販機でお茶を買って喉を潤してから再び歩きはじめた。

「で、いよいよ復讐がはじまるわけね」

リエから続きを促された。土地屋敷の国への寄贈をきっかけに西都急行への復讐を思い立った日野宮氏は、ではどうやって復讐を仕掛けたのか。

「実はね、日野宮さんは二つの復讐シナリオを用意したんだ」

一つは、夢を修復させる復讐。もう一つは夢を奪い取る復讐。この二つを同時に実行しようとした。

「もっとわかりやすく言うと、『夢を修復させる復讐』は、破壊された箱庭鉄道を西都急行に再建させること。これにはまさにおれたちが関わっていた。一方の『夢を奪い取る復讐』は、西都急行に自分の土地を奪われる哀しみを味わわせること。こっちはおれたちの知らないところで進行していた」

具体的には、こんな流れだった。

まず第一段階として日野宮氏は、父恒彦氏の告別式に弔意《ちょうい》を示してきた西都急行グループのオーナー筒井善則に、お礼にかこつけて電話を入れた。日野宮氏自身は筒井善則と面識がなかったが、西都急行とは敗戦後以来の腐《くさ》れ縁がある。そこで日野宮氏は、世間知らずの元皇族の息子を装い、

「父の逝去《せいきょ》にともない、ぜひお会いして相談にのっていただきたいことがあります」

と申し出た。

筒井善則は二つ返事で面会に応じた。こういうときの相談がどんな類《たぐい》のものであるか、即座に察したからだ。実際、面会当日、西都急行本社のオーナールームに現われた日野宮

氏は、ずばりこう切りだした。

「父の他界に伴い、莫大な相続税を納めなければならなくなりました。いろいろと対策を練《ね》ってはみたのですが、この際、港区多比羅の土地屋敷の処分を決意いたしました。ただ、処分に当たっては、代々受け継いできた大切な土地屋敷をやたらな相手に譲り渡すわけにはまいりません。そこで、父の代からのよしみで西都急行さんに引きとっていただけないものかと、まことに不躾《ぶしつけ》ながら参上いたした次第です」

筒井善則はさぞかし喜んだことだろう。なにしろ筒井善則にとっては、かつて父親の筒井由次郎が二束三文で奪い取った土地の残りを手に入れられるチャンスが向こうから転がり込んできたのだから。

「それはお困りでしょう。私にできることなら喜んでお手伝いいたしましょう」

筒井善則は即答した。どうせ相手は、かつてまんまと引っかかった日野宮恒彦の息子だ、これぞ鴨《かも》ネギというやつじゃないか、と見くびっていたに違いない。

そこで日野宮氏はたたみかけた。

「ありがとうございます。ただ、もしお助けいただけるのでしたら一つだけお願いがございます。あれだけの土地屋敷ともなりますと、現在の相場から見積もってざっと八百億円程度になりそうですので、相続税を納めても手元にかなりの金額が残りそうなのです。それならば最初から相続税分の土地だけ引きとっていただけばいいのではないか、とも考えましたが、そういう半端な土地にしてしまっては西都急行さんとしても活用しにくいかと思います。そこで一つアイディアが閃きました。やはり土地屋敷はすべて引きとっていただく。そのかわりと申しましては何ですが、税を納めた残りのお金で、西都急行さんにわたくしの子どもの頃からの夢を実現していただけないものかと思いまして」

日野宮氏は鉄道に対する思いを語った。箱庭鉄道についてはもちろん触れなかったが、鉄道建設がどれほどの夢だったかを熱く語ってきかせた。

「この夢は三年後にはぜひ実現させたいのです。実は三年後に、日野宮家の創家千周年を大々的に祝う予定があるのです。その年を日野宮家が新たな時代へ歩みだす記念の年としたいのです。その意味でも、たとえささやかな規模であろうとも、長年の夢であった鉄道をぜひとも開通させたいのです」

「それは素晴らしい夢をお持ちですね」

筒井善則は、この話についても笑顔で快諾《かいだく》した。西都急行グループが全力を挙げて鉄道を開通させます、と断言した。

それはそうだ。この申し出は筒井善則の側からすれば、都心の一等地を取得できるばかりか、その土地の代金として支払ったお金の半分ほどが、西都急行グループに売上金として戻ってくるのだから、こんな好条件の取引はそうそうあるものではない。

「ありがとうございます」

日野宮氏は丁重に礼を述べた。だが実際のところは筒井善則のほうこそ礼を述べたい気分だったに違いない。鴨がネギどころか鍋とコンロまで背負ってきてくれたようなものだったからだ。

筒井善則はいつになく上機嫌だった。その証拠に、普段、来客との面会は長くても十分と言われているのに、このときばかりは一時間近くにも及んだらしい。

しかし、日野宮氏の仕込みはこれだけでは終わらなかった。和やかな雰囲気に乗じて席を立つ直前になって、

「最後にもう一つだけお願いがございます」

と申し入れをした。

「ご承知の通り日野宮家は元皇族です。現在は一般市民という立場ではございますが、それでも、天皇家の親戚関係にある一族として、何かにつけて世間の目が厳しい立場でございます。今回の取引につきましても、父親の死の直後に土地屋敷を処分したとなれば世間の顰蹙《ひんしゅく》を買うことは目に見えております。そこで、これは恥を忍んで無理をお願い申し上げるのですが、今回の土地屋敷の売買契約の発効日については、三年後の鉄道開通日ということにしていただけないでしょうか」

つまり、土地屋敷の売買代金のやりとりは現時点でお願いしたいが、実際の所有権の移転は鉄道開通当日にしてほしい、と申し出た。

ここで初めて筒井善則は逡巡《しゅんじゅん》を見せた。日野宮氏の立場もわからないではないが、この条件を呑んでしまうと、三年経たなければ所有権が獲得できない土地屋敷のために、現時点で売買代金約八百億円から鉄道建設費用を差し引いた約四百億円を支払わなければならないのだ。筒井善則が逡巡するのも、当然といえば当然だった。

だが日野宮氏は、釈迦《しゃか》に説法ですが、と前置きしてたたみかけた。現況の地価の推移からみて三年後の地価水準は最低でもまず十パーセント増、堅調《けんちょう》に推移すれば二十パーセント増だって見込める。三年後に売買決済する場合の金利分と相殺《そうさい》しても十分に見合うと思うのです、と。

すると黙って話を聞いていた筒井善則が答えた。

「わかりました。かつてお世話になった日野宮家とのご縁もあることですし、その条件で取引させていただきます」

一度は渋った筒井善則があっさり了承した理由は、地価上昇の含み益に期待したことに加えて、次の二つが考えられる。

一つは、港区の一等地を五千五百坪もまとめて入手できるチャンスなどまず今後ありえないこと。もう一つは、仮に地価上昇率が鈍《にぶ》ったとしても鉄道建設を請け負った利益も合算すればペイすると踏んだこと。

いずれにしても、過去の「ご縁」に鑑《かんが》みて了承したわけではないことは間違いないが、このあたりの日野宮氏の駆け引きは見事だったと思う。かつて筒井善則の父、筒井由次郎にしてやられた悲哀をバネにのぼりつめた日野宮家の人間だからこそのしたたかさというべきか。西都急行グループの天皇とまで呼ばれる筒井善則を相手に、日野宮家の土地屋敷を餌にした『夢を修復させる復讐』と『夢を奪い取る復讐』をまんまと仕込み終えてしまったのだから。

「とまあ、これが日野宮さんとおれが吉野家で出会う三か月前に起きたことだった。うまく説明できたかどうかわからないけど、わかったかな、ここまでの話」

念のために確認した。が、リエはいまひとつ釈然《しゃくぜん》としない面持ちで歩いている。

ケーブル鉄道のルートめぐりは南青山三丁目から青山霊園沿いの坂道を下り終えたところだった。坂下で右折して、相変わらず休憩のタクシーがずらり路上駐車している外苑西通りを西麻布交差点に向けて進んでいく。そこでリエが口を開いた。

「いま、あたしなりに整理してみたんだけど、つまり日野宮さんは、西都急行に三年かけて夢の鉄道をつくらせてしまうと同時に、入手できるはずの土地屋敷を奪い取ってしまう時限爆弾作戦を仕掛けた。そういうことだよね」

おれがうなずくと、

「けどそうだとすると、おかしくない？　三年後に時限爆弾が炸裂するのはいいけど、これだと日野宮さん自身も三年後に炸裂しちゃうじゃない。三年後に土地屋敷が国有化された時点で、すべてバレちゃうんだから」

「やっぱ気づいた？」

おれがにやりと笑うと、

「気づくよ、それぐらい」

わざとふくれてみせる。

「実はその点が、この事件の一番の謎だったんだ」

もちろん、犯罪発覚の日時が事前にわかっているのだから、その前に海外に高飛びするなりして逃げることは可能だ。しかし、もしそれでまんまと逃げ果《おお》せたとしても日野宮氏は犯罪者の汚名《おめい》を着たままになってしまう。誇り高き元皇族の日野宮氏が、そんな末代までの恥を背負うような犯罪に手を染めるものだろうか。

「はっきり言って日野宮さんらしくないよね。あの人はそんなことをする人じゃないと思う」

リエはゆっくりと首を左右に振る。ちょうど西麻布交差点に差しかかったところだった。おれはリエの肩を押して左折するように促してから話に戻った。

「実はおれもリエと同じ気持ちだったんだ。あの日野宮さんがなぜこんなことをって不思議でならなかった。ただ、ひとつ思い出したんだよね」

蓼科の別邸に呼ばれたときのことだ。あのとき日野宮さんが、

「港区横断ケーブル鉄道が走り続けるかぎり、ずっと妹尾さんに責任者として面倒を見ていただけないかとお願いしているのです」

と言ったときの目が、いまでも忘れられないのだ。いつにない強い意志を湛えた目だった。覚悟を決めた男の目、と言い換えてもいい。

「あの目を思い出したときにようやく気づいたんだ。日野宮さんは最初から意図的に、確実にバレる犯罪を計画したんじゃないかって。生涯の夢だった鉄道さえ開通させられれば、そして西都急行に一矢報いてやれるならば、最終的にはバレてしまってもいいと割り切った。だから逆に言えば、確実にバレる犯罪だとわかった上で実行に移した」

「つまりバレる前提でやったってこと？」

リエが立ちどまっておれを見た。六本木ヒルズ前の横断歩道の真ん中だった。リエの背中をポンと叩いて先に進ませた。歩行者信号が点滅しはじめている。

横断歩道を渡りきったところで続けた。

「日野宮さんは、皇籍離脱以来、元皇族が背負わされてきた悲哀を広くアピールしたかったんだと思うんだ。自叙伝《じじょでん》を発表するとかいったやり方じゃなくて、自分を捨て石にした衝撃的な事件として世に知らしめたかった。だからこそ、バレる前提の計画でなければならなかった」

「そんなあ。そこまでして何になるわけ？」

「そこまでしなければならなかったほど、彼が受けた傷は深かった。おれとしてはそう解釈している」

日野宮氏の人生は、結局、動かしがたい世の運命に振り回され続けた人生だった。父親の死をきっかけにそんな自分の人生を振り返ったとき、父親のように無念な気持ちを抱えたまま死んでいっていいのか。せめて一度だけでも自分の意志で、自分の手で仕掛けて、世の運命を振り回してやれないものか、と考えたのではないか。

「それで世の運命を振り回せた？」

突き放すようにリエが言った。

「引っ掻き回した程度だった」

正直に答えた。

「だよね。せいぜいその程度のものでしかないし、そんなこと、やる前にわかるよね。なのに日野宮さんほどの人が、なんでやっちゃったんだろう。哀しくなるよ。日野宮さんがそんなことやっちゃだめだよ」

憤然《ふんぜん》と吐き捨てる。

「まあ日野宮さんとしては、鉄道の夢が実現できるっていう希望があったから、それと相殺できるならかまわない、と割り切ったのかもしれない」

「けど結果的にはその鉄道の夢だって破れちゃったわけでしょ？　それじゃ踏んだり蹴っ

たりじゃない」

リエが歩道を蹴飛ばした。突然、怒りを弾けさせたリエを前から歩いてきたサラリーマンが訝《いぶか》しげに見ている。

それ以上、おれは何も言えなかった。おれだってリエが苛つく気持ちがよくわかるからだ。この事件が明らかになっていく過程で、何度、同じようなやり場のない憤《いきどお》りとやりきれなさに見舞われたことか。

憮然とした面持ちのリエと六本木の街を歩いた。この辺りまでくるとさすがに人通りが多くなってくる。人波を縫うようにして進んでいくと、やがて六本木交差点に着いた。

赤信号に止められた。二人とも押し黙ったまま信号を待った。リエはジーンズのポケットに両手を突っ込んでじっと足元を見つめている。

目の前をバスやタクシーが排気ガスを撒き散らしながら通り過ぎていく。途切れることのない車の列をぼんやり眺めていると、リエがふと顔を上げた。

「そういえば、何で予定が狂っちゃったわけ？」

「ん？」

何を聞かれているのかわからなかった。

「そこまでしてやった復讐が、なぜ三年経たないうちにバレてこんなことになっちゃったのかって聞いてるの」

「ああ」

それを言い忘れていた。

「去年の十一月半ばに、西都急行が主催する紅葉ゴルフコンぺっていうのが南伊豆のゴルフ場であったんだ」

「あのときのゴルフ場？」

「そう。おれたちにも思い出深いあのゴルフコースで、筒井善則は毎年霞が関のキャリア官僚を招いて豪勢な接待ゴルフ大会をやってるらしいんだ。で、去年もヘリコプターの送迎つきで盛大に催された」

そのプレーの最中に筒井善則が、同じ組でまわっている財務省のキャリア課長に耳打ちした。

「こんど港区多比羅の土地を再開発することになりましてね」

税制面での手心を期待した根回しだった。わざわざ同じ組にセットしたのも言うまでもなくそれゆえだったのだが、話を聞いたキャリア課長が首をかしげた。

「それはおかしいですね」

国が日野宮恒彦氏と交わした三年猶予の密約は、財務省の中枢官僚のあいだで密《ひそ》かな申し送り事項となっていたのだった。

「バレちゃうときって、そんなものなんだね」

リエが天を仰いだ。この国の歴史はゴルフ場でつくられているとはよく言われることだが、まったくもってそれを地でいくような話だった。

それから汐留までの二キロ半ほどは、消化試合のように黙々と歩いた。

事件についての話は、おれが知っているかぎりのことを話してしまったから、ルートめぐりは途中放棄《ほうき》して昼めしを食べにいく手もあった。だが、おれたちは汐留までの道のりを一歩一歩確かめるように歩き続けた。終着まで行きつかないことにはけじめがつかない。そんな思いに衝《つ》き動かされるように。

汐留に辿り着いたのは午後三時過ぎだった。

ターンテーブルの設置予定地だった日東テレビの社屋前まできたところで、二人並んでマラソン選手のポーズを真似てゴールインした。

その足で、再プレゼンの日にオープンカーで乗りつけたホテルのラウンジに行くことにした。三十二階にあるそのラウンジからは東京の街が一望できる。ビールでも飲みながら、いま歩いてきたケーブル鉄道のルートをもう一度眺めてみよう、ということになった。

ホテルのエントランスを入ると、ロビーの右脇にガラス張りのエレベーターがあった。平日のこの時間、ロビーには人が少なく、エレベーターに乗り込んだのはおれたち二人だけだった。

三十二階のラウンジに向かって上昇する箱の中からは東京の街が見えた。これで本当に、おれたちの港区横断ケーブル鉄道は終わる。じっと眼下を見やっているうちに、不意にそんな思いがこみ上げて胸が熱くなった。

「日野宮さんの夢、叶えてあげたかったな」

リエが独り言のように呟いた。

「今回のショーの本当の主役は、日野宮さんだったんだもんなあ」

しみじみと答えると、

「だけど日野宮さん、なんでセーノを選んだんだろ」

結局、最後までそれがわからずじまいだったと残念がる。

察しのいいリエならとっくに勘づいていると思っていた。これはちゃんと話しておいたほうがよさそうだ。

「この事件が発覚するまでおれもまったく知らなかったんだけど、皇籍離脱後、日野宮家を救った側近がいたよね。その人、妹尾健吉《けんきち》っていうんだ」

リエが目を見開いた。

「セーノのお父さん？」

「正確には、おれを育ててくれたおじいちゃん」

「じゃあ日野宮さんの箱庭鉄道を一緒につくったのも？」

こくりとうなずいた。

エレベーターのドアが開いた。絶句しているリエの背中を押して三十二階のラウンジに降り立った。大きなガラス窓が一面に張りめぐらされたラウンジには、穏やかな午後の光が満ちていた。

お二人様ですか、と出迎えてくれたボーイに導かれて窓際の席に向かう。こちらへ、とすすめられたテーブル席に腰を落ち着けると、窓の外には東京の大きな空が広がっていた。

終幕

集合時間に三十分も遅刻してしまった。

空港には予定通りの時刻に到着したのだが、松山駅と松山市駅が、まさか別の駅だとは思わなかったものだから、ったくみんな何やってんだ、と苛々しながら松山駅の電停で二十分ほど待っていた。そこに電話が入って、待ち合わせたのは松山駅から一キロほど離れた松山市駅の電停だということがわかって、電車を待つのももどかしくタクシーで飛んできたのだった。

「何やってたのよ！」

屋根つきの低いホームの電停で仁王《におう》立ちしていたリエに怒られた。体の線がくっきりとでる黒のドレスにピンヒール。胸にはシルバーに煌《きら》めくコサージュをつけている。

「早く乗って、もうすぐ発車時刻なんだから！」

ホーム左の待機線に停車している〝貸切〟の札を下げた市電に促された。

「まあまあリエさん、おめでたい日なんですから抑えて抑えて。無事に間に合ってよかったじゃないですか」

燕尾服《えんびふく》姿の徳さんが市電の窓から身を乗りだして笑っている。その隣には奥さんの奈美江さんもいて留袖《とめそで》姿でにこにこしている。

おれも今日は慣れないタキシードを着ている。身内だけのささやかな披露宴《ひろうえん》ですからお楽な服装で、とは言われていたのだが、それでも三年越しの晴れ舞台。着替える場所がないと聞いて空港のトイレでごそごそとタキシードに着替えてきた。

リエに背中を押されて市電に乗り込むと、車内は手づくりの花やモールで飾り立てられていた。吊革が並んでいるポールには、

〝ミキオ&ひろみ　結婚おめでとう!〟

と手書きされた横断幕も吊ってある。

「遠くからわざわざありがとうございます」

ウェディング・ドレス姿のひろみと白いタキシードのミキオから挨拶された。晴れ着に身を包んだ二人は眩しいほどに輝いている。

さっそく二人が乗客、いや列席者を紹介してくれた。

ひろみの両親と妹と祖父母。ミキオの両親と兄。ほかに二人の近しい友だち二十人ほどに加えて、かつてミキオの依頼でケーブルカーのデザインを手掛けていたデザイン会社の

デザイナー二人も、はるばる東京から駆けつけていた。

本来ならば今日は港区横断ケーブル鉄道の開通日だった。早いものだと思う。あれからもう一年半経ってしまったのかと思うと不思議な気分になる。その間、事件の捜査が進展することも、新たな事実が発覚することも、日野宮氏の行方が判明することもないまま時だけが過ぎていった。

いまや港区横断ケーブル鉄道事件は風化しかけている。街でだれかに聞いても、そんなことあったっけ？　という人が大半に違いない。

ただ、そうした中にあって、つい二か月前に驚くべきニュースが飛び込んできた。筒井善則が逮捕されたのだ。逮捕容疑はインサイダー取引による証券取引法違反。自社株の不正操作によって巨額の利益を上げていたとされている。

これには世間が騒然としたものだった。テレビでは西都急行グループの天皇とも称されたオーナー、筒井善則が東京拘置所《こうちしょ》に護送されるシーンが幾度となく流され、新聞雑誌は、ついに西都急行グループ崩壊《ほうかい》か、と書き立てた。

これにはおれも仰天した。最初に報道されたときは、ケーブル鉄道事件に関連した新事実が発覚したのかと勘違いして身構えたものだが、まさか西都急行グループの存続自体を揺るがす逮捕劇だとは思ってもみなかった。

この事件を伝える中で、サイドストーリーとしてケーブル鉄道事件を蒸し返す報道もないではなかった。しかし、それはあくまでもサイドストーリーの一つとしての扱いでしかなく、逮捕劇の真相やら筒井善則の素顔やらがつぎつぎに暴《あば》かれていくニュースの陰に霞《かす》んでしまった。

ミキオから電話があったのは、そんな頃だった。

港区横断ケーブル鉄道が頓挫してしまったことで東京にいるのが嫌になったミキオは、ひろみの故郷、松山に二人で引っ越した。以来、地元の広告会社にアルバイトで転がり込んで同棲《どうせい》生活を続けてきたのだが、筒井善則の逮捕でようやく気持ちに踏ん切りがついたらしく、これを機にきちんと結婚します、と連絡してきたのだった。

港区横断ケーブル鉄道の開通予定日に籍《せき》を入れたい、と言いだしたのはひろみだったという。すかさずミキオが、だったら市電を貸切にしてお披露目しよう、と提案してユニークな披露宴を開くことになったのだった。

「できることなら日野宮さんも招待したかったんですよ。セーノさん、ほんとに日野宮さんがどこにいるか知らないんすか？」

見事に実現した市電披露宴の会場を見回していると、ミキオに聞かれた。

「おれが知るわけないだろう。まあいまごろは、南米の奥地かなんかで畑でも耕しながらのんびり暮らしてると思うけど」

「何で南米の畑なんすか?」

「なんとなく。それが日野宮さんのアフターアワーズのイメージかと思ってさ」

アフターアワーズ? と聞き返された。

勤務後とか放課後とかいった意味だ。最後に日野宮氏に会った蓼科の別荘で、日野宮氏はアンドレ・プレヴィンの『アフター・アワーズ』というアルバムをかけた。偶然だったのか意図的だったのか、それはわからないが、いまにして思えばまさに日野宮氏の先行きを暗示した選曲だった。

いまごろ日野宮氏は、どんなアフターアワーズを過ごしているのだろうか。

もう二度と会うことはできないだろうが、南米の畑だろうが南海の孤島だろうが、どこにいようと元気で生きていてほしい。あの切れ長の目を綻《ほころ》ばせて悠然と微笑んでいてほしい。そう願わずにはいられない。

皇室制度とか身分制度とか、そうしたものの是非について論じるつもりはない。ただ、そうした制度の功罪によって一人の人間が翻弄されたことは事実なわけで、その哀しさと虚《むな》しさは忘れてはならないと思う。制度をつくることの怖さ。制度をなくすことの怖さ。諸刃《もろは》の剣とどうやって向き合っていけばいいのか。答えなど見つからないかもしれないけれど、それは考え続けなければならない永遠の宿題だと思う。

「日野宮さんがいないのは残念だけど、そのぶん、おれたちが盛大にお祝いしてやるよ」

改めてミキオに告げた。

「だったらこの際、セーノさんとリエさんもここで一緒に祝っちゃうっていうのはどうです？」

「おれたちはそんな関係じゃないって」

向こうでひろみと談笑しているリエを見ながら苦笑いした。

実際、いまもリエとは飲み友だちのままでいる。一年半前のあの日、汐留のホテルに二人で泊まったにもかかわらず、だ。

誘ったのはリエのほうだった。三十二階のラウンジで一息ついたところで、

「シャワー浴びたい」

と言いだした。ぽかぽか陽気の中を十キロも歩いたから汗をかいた、と。

「いいのか？」

「いいのかって、やだそんな言い方。絶好のチャンスなのに」

わざとらしくウインクしてみせる。

ラウンジのボーイにツインルームをとってもらった。ダブルルームとはなぜか言えなかった。

すぐに部屋に移動して、順番にシャワーを浴びた。バスローブのままルームサービスのワインで改めて乾杯した。

ところが、なかなかそういう雰囲気にならなかった。そこまでお膳立てができていながら、だらだらと雑談しながらぐだぐだと杯を重ねて、酔いが回るとともに久しぶりの馬鹿話も炸裂して、二人で涙を浮かべて大笑いして、ああけっこう酔っ払ってきたな、と思ったときにはもう手遅れになっていた。酔いと歩き疲れが重なって、気がついたときには不覚にも寝込んでしまっていた。

「やっぱあたしたちは飲み友だちのままでいいんだよ。セーノは一生飲み友だちでいて、あたしの最期を看取《みと》ってよ」

翌朝、リエから言い渡された。それで万事休すというやつで、結局、二人の関係は何も変わらないまま現在に至っている。

「おれたちのことなんかより、ミキオたちを思いきり祝ってやるよ。そうだ、改めて結婚祝いを贈ろうと思ってるんだけど、何がいい？」

カラ元気をふるって尋ねた。

「そんなのいいですよ、ここまで来てくれただけで」

ミキオはそう答えてから、ふと思い直したのか、

「あ、でも一つだけ、ぜひお願いしたい結婚祝いがあります」

やけに改まった声で言った。

「いいよ、遠慮しないで何でも言ってくれ」

先を促すと、

「もう一度、鉄プラを立ち上げてください」

意表を突かれた。

「もう鉄道は無理だよ」

「べつに鉄道づくりじゃなくてもいいんです。鉄路プランニングっていう名前の新しい企画会社を立ち上げて、それこそ、いつかセーノさんが言ってた鯨の養殖でも百歳アイドルでも何でもいいから、またみんなでわくわくすることを企画したいんです」

「鯨や百歳は無理だな」

「ぼくは鉄プラの企画でラグビーチームをつくってみたいんです。前に話した夢を実現したいんですよ。ひろみは雑学女王の特技を生かしてテレビ番組用のクイズ企画をやりたいって言ってるし、セーノさんもリエさんも徳さんも、それぞれがやりたいことをどんどん企画して実行していけばいいと思うんですよ。いまどき、そんな会社があったっていいじゃないですか」

ミキオは真剣だった。これを一生の仕事にしたい、とまで言いきった。

「みなさま、まことにお待たせいたしました」

車内スピーカーから徳さんの声が響いた。

「この電車、ミキオくんとひろみさんの幸せと新生鉄路プランニングの未来へ向けて、まもなく発車します」

アナウンスに続いて、東京から駆けつけたデザイナーの二人が大きな箱を開けた。新郎新婦の両親や友だちが、何が出てくるのかと固唾を呑んでいる。

箱の中には鐘が入っていた。おれたちのケーブルカーのためにデザインされた発車合図用の鐘。あれを今回、一つだけ完成させてもらったのだ。

新郎新婦が初めての共同作業というやつで箱の中から鐘を取りだし、車掌席のポールに取りつけはじめた。ミキオが手にした鐘を、ひろみが赤いリボンで結わえていく。

共同作業のバックにはセロニアス・モンクのソロピアノが流れている。ケーブルカーのジャケットのアルバム『セロニアス・アローン・イン・サンフランシスコ』から、曲目は、このめでたいシチュエーションに『ブルーモンク』。

青い空のブルーと考えればいいか。そう解釈しているうちに取りつけ作業は終了し、新郎新婦から鐘の紐を握らされた。

すかさずリエが徳さんにキューを送った。

「出発進行！」

徳さんの発声に促されて鐘の紐を引こうとしたそのとき、

「すいませーん」

電車のドアが叩かれた。外を見ると、赤いエプロン姿の女性が小さな花の鉢植えを抱えて立っている。運転士がドアを開けた。

「遅くなりましたー、お届けものです」

女性が鉢植えを差しだした。鉢には赤いリボンがかけられネームカードが添えられている。

「日野宮さんだ」

ひろみが声を上げた。驚いてネームカードを見ると、確かに〝日野宮邦彦〟という名前が記されている。

「これ、どこから？」

花を受けとりながらおれが尋ねると、

「さあそれは」

花屋の女性が首をかしげた。その反応からして、おそらくは彼女のお店に聞いても何もわからないだろうと思った。

「ご苦労様」

おれが礼を告げると花屋の女性は、お幸せに、と新郎新婦に会釈《えしやく》して帰っていった。

「プルメリアだ」

リエが笑みを浮かべた。小さな鉢植えから伸びた緑の茎《くき》の先には可憐《かれん》な花が幾輪も咲いていた。白い花びらが晴れやかに広がり、その中心は控《ひか》えめな黄色に染まっている。

「これ、南国の花なんだよね」

そう教えられてもう一度驚いた。日野宮さんは、やっぱり南国にいるんだ。わたくし、南の国で元気に暮らしております、とメッセージを伝えてきたんだ。

思いがけない安堵に包まれていると、

「それでは改めまして」

徳さんが再びマイクを手にするなり、力強く発声した。

「出発進行！」

おれは慌てて鐘の紐を握り直して素早く二回引っぱった。

チンチーンと鐘が鳴り響く。

明日への期待を乗せた電車が、太い二本のレールの上をがったんごっとんと走りだした。

〈参考資料〉

『都電系統案内――ありし日の全41系統――』諸河久（ネコ・パブリッシング）
『廃線都電路線案内図』（人文社）
『ミカドの肖像』猪瀬直樹（小学館文庫）
『玉電が走った街　今昔』林順信編著（ＪＴＢパブリッシング）

解説　著者の術中にハマる！

落語家・作家　立川《たてかわ》談《だん》四《し》楼《ろう》

意表を突く。そこが著者の真骨頂《しんこっちょう》ではないでしょうか。すべてを読んでいるわけではありませんが、かなりの作品が「まさか」「そんなバカな」という設定で始まるのです。

落語家が高座に登場します。まあ、たいがい本ネタに入る前にマクラというのを振るのですが、古典派の場合、そのマクラを聞いただけでおおよそどんなネタに入るのか見当がつきます。マクラは導入部と言えるもので、そこでは本ネタにつながる小咄《こばなし》などが語られるからです。

新作派は自由だろうというのは素人《しろうと》考えで、やはり本ネタに上手くつながるようマクラを工夫しているものなのです。ですから新作ファンもマクラを聞いて、「あ、今日はあのネタが聞けるんだ」と胸をワクワクさせることになるのです。

ところが、ところがです。マクラからはどんなネタに入るか見当のつかない落語家がいるから面白いのです。正に意表を突くというやつで、暑い盛りにいきなり「クリスマスのプレゼント決まりましたか」と言い、またある時は何の脈絡もなく唐突に「ギアナ高地では……」などと語り出し、これでは客は戸惑うばかりです。

もちろんネタの見当はつきません。最悪の場合、ドン引《び》きになることもあるわけですが、こういう演者は意に介しません。むしろそれが目的なのです。驚いたり引いたりすることも客の反応の一つです。彼にとっては「ツカミはオッケー」の状態なのです。

それが証拠に客はいつしか彼の世界に引きずり込まれ、泣きと笑いに翻弄《ほんろう》され、オチを聞いて大満足なのです。いつ本ネタに入ったのかを忘れてます。クリスマスやギアナ高地がなぜ古典落語につながったのか、最初戸惑ったことさえ忘れているのです。客の印象はただ一つ、「面白かった、来てよかった」です。どうです、なかなかの高等戦術ではありませんか。

賢明な読者諸兄姉はもうお分かりでしょう。落語家に譬《たと》えて申し訳ないのですが、著者が高等戦術の持ち主だということが言いたいのです。もう一つ思い出したことがあります。それはやはり落語のマクラに使われる大道商人《あきんど》の話です。

「大した品を売るわけじゃありません。ゾロゾロ人は通り過ぎます。まず足を止めてもらわなきゃ始まらないわけで、彼らはとんでもないことを言うそうです。聞こえるか聞こえないかの声で『大変だ、耳取って食っちゃうぞ』。本当はパンの耳だったりするのですが、客はギョッとして足を止めます。止めたらこっちのもの、今度はそれを逃がさないんですな。『いや集まってくれてありがとう。さ、この線までこの線まで。これから我輩《わがはい》はある品物を格安で買ってもらおうと思っているのであるが、実は皆の衆の中にスリが潜《ひそ》んでいる。スリは居心地が悪くなって、この場を立ち去ろうとする。動いたやつがスリだからよく見てろ』ってんで誰も動けなくなるという……」

まず立ち止まってもらう。そしてそこに釘付けにする。似てますね、小説の手法に。いや似ているのではなく、小説そのものです。いくらいい小説でも、読者がいなくちゃ話になりません。本をどう手に取ってもらうかは各出版社の営業の仕事でしょうが、手に取ってもらった瞬間、それはもう小説家の仕事であり、勝負なのです。

私は冒頭の面白くない小説はダメと判定します。後半にどんな面白い展開が待っていようと、最初から面白くないものは放り出します。竜頭蛇尾《りゅうとうだび》に終わってもよいから、とりあえず最初面白いものという大変偏《かたよ》った読者なのです。そんな基準での読書遍歴四十数年、ある結論を得ました。〝最初面白くないものは最後まで面白くない〟……はい、それが小説の真実なのです。

ですから小説家は、落語家やお笑い芸人が開口一番何を言うかに工夫するごとく、冒頭一行目と、二、三ページに至るまでの前半に全神経を集中するものなのです。読者を、客をつかまなくてはなりません。「ダメだこりゃ、次の本にしよう」「ダメだこりゃ、トイレに行ってこよう」となっては万事休すなのです。

では本書を振り返ってみましょう。序章、一行目はこうなっています。「吉野家《よしのや》でビールを飲んでいた」と。ああ、あの牛丼のヨシノヤかとは誰しも思うことですが、私はいきなり「やるな」と思いましたね。本当のヨシノヤは吉野家で吉野家ではないんです。吉と吉、そう実在のヨシノヤは上の横棒が短い吉なんですね。

　細やかな気遣いです。その後の記述からしても実在のヨシノヤから苦情がくるはずもないのですが、まあこの辺りは軽いジャブですね。だって読み進むにしたがって、怒鳴り込んできそうな企業名と人名が追い追い登場するのですから。西都急行グループとそのオーナー筒井善則《よしのり》です。いや上手く逃げましたね。これぞ誰にも通じながら苦情がこないというプロのテクニックです。「なお、この物語はフィクションであり、実在の人物や団体等には一切関係ありません」というやつなのです。

　実在するオーナーには、今も私は腹を立てています。この人は球団を持っていたのですが、ある年のオフ、某監督が来期続投の希望を持って挨拶に行くと、「やりたいんならやれば」と言い放ったのです。何という傲慢《ごうまん》、上から目線、スポーツニュースで見た私は憤《ふん》激《げき》、以来親の敵《かたき》のように思っているのです。

　一方の雄、カマツネも許せません。選手や監督を更迭し、「単なる人事異動」などとシレッとしているのですから。でも、よしとしましょう。本書において著者は、野球がらみでなく、フィクションの世界において、西都急行グループと筒井善則をバッサリやり、小気味のいい毒ガスを放ってくれているのですから。

話が逸れました。冒頭へ戻りましょう。主人公が吉野家でビールを飲んでいます。明け方の新宿大ガード近くの店です。主人公は交通誘導員の夜バイトから解放されたところで、疲れを洗い流すべくビールの摂取にいそしんでいる。と、隣りに三つ揃いスーツの老紳士……。

それが幕開けでしたよね。主人公の「どこかでお会いしましたか?」の問いに、男は「港区《みなと》鮫島町《さめじまちょう》三丁目でアパートを経営されている妹尾順平《せのおじゅんぺい》さんでいらっしゃいますね」と確認するように言います。そして名乗ります。

「日出《いづ》る国の日、嵯峨野《さがの》の野、伊勢神宮《いせじんぐう》の宮と書いて日野宮《ひのみや》、日野宮邦彦《くにひこ》と申します」と。

主人公と老紳士の名前は分かりましたが、疑問も湧きます。アパート経営をしているのに主人公はなぜ夜のバイトを? それにしても明け方の吉野家に老紳士という何というミスマッチであることか。と日野宮は思いもかけぬことを言うのです。「テッドーをつくっていただきたいのです」と。

テッドーが鉄道で、資金400億円、期間が3年以内との依頼内容が判明するにつれ、小さな疑問はどこかへ吹き飛び、眉《まゆ》に唾《つば》をつけながらも読者は小説世界に翻弄されます。ま、術中にハマるわけです。ものすごいスピードでプロジェクトが動き出すのですから。

いいメンバーですよね。まず相棒は、セーノこと妹尾の広告代理店勤務時代の同僚木之《きの》元理恵《もとりえ》。ちょいとおきゃんでいい女です。この二人の恋の行方も気になるところですが、著者は意地悪をします。なかなか二人を結びつけず、セーノを恋のヘタレとして描くのです。

ともあれ二人で株式会社『鉄路プランニング』を設立、豪壮なオフィスを構え、スタッフの募集にかかります。元国鉄のスジ屋の徳《とく》さん、博識でいい口調を持つキャラですよね。弁当を差し入れてくれる彼の奥さん、私、好きです。

雑学女王の異名を取る田丸《たまる》ひろみと元ラガーマンのフリーター岡島三樹夫《おかじまみきお》が加わり、プロジェクトは邁進するのですが、結果がどうなったかを言うのは野暮というものでしょう。ただ、ラストシーンがミキオとひろみの結婚というのは読者として嬉しいですよね。心配だった日野宮の消息もそれとなく匂わしてくれましたし。

そう、物語に翻弄されながらも、読者には引っかかりがありました。日野宮が鉄道の素人であるセーノになぜこの事業を託したかということです。それが判明した後、私はあわててページを元に戻しました。するとあったんですねえ、セーノが祖父から受け継いだアパートに関する記述が。「祖父は戦中戦後と長年にわたって都心の大きな屋敷で働いていたそうだが、それにしても、使用人に退職慰労金がわりにアパートをくれるとは豪勢《ごうせい》な話だと思うのだが……」と。

小説のタイトルにも関わる日野宮家の側近、幼き日の日野宮邦彦を何かと面倒みた男こそセーノの祖父。だからその孫に白羽の矢が……。いやパズルのピースがピタリとハマッた一瞬でしたね。私はここをうかつにも読み飛ばしていました。いや、あえて著者はそう目論《もくろ》んだのかもしれません。あえてさり気なく記述しながら、きっとこう言いたかったのでしょう。「分からなかったんですか。いやだなあ、ちゃんと伏線を張っといたのに」と。

楽屋に鉄道オタクの前座クンがいます。乗るのが大好きで自他ともに許す〝乗り鉄〟なのですが、そっちに疎《うと》い私は彼にも本書を読んでもらいました。すっ飛んできましたね。「師匠、すっごいすよ。すっげえリアリティですよ。ああ乗りたかったなあ『港区横断ケーブル鉄道』。これエコですし、時流にも合ってますよ。残念だなあ。誰かやらないかなあ。実現したら全国から鉄オタが集結するのに惜しいなあ……」と、彼の賞賛と落胆はいつまでも続いたのでした。

本作品はフィクションであり、実在の個人・団体などとは一切関係がありません

（この作品『東京箱庭鉄道』は平成二十一年五月、
小社より四六判で刊行されたものです）

東京箱庭鉄道

一〇〇字書評

切・り・取・り・線

購買動機（新聞、雑誌名を記入するか、あるいは○をつけてください）

□（　　　　　　　　　　　　　　　　）の広告を見て
□（　　　　　　　　　　　　　　　　）の書評を見て
□ 知人のすすめで　　　　　　　□ タイトルに惹かれて
□ カバーが良かったから　　　　□ 内容が面白そうだから
□ 好きな作家だから　　　　　　□ 好きな分野の本だから

・最近、最も感銘を受けた作品名をお書き下さい

・あなたのお好きな作家名をお書き下さい

・その他、ご要望がありましたらお書き下さい

住所	〒				
氏名		職業		年齢	
Eメール	※携帯には配信できません	新刊情報等のメール配信を 希望する・しない			

この本の感想を、編集部までお寄せいただけたらありがたく存じます。今後の企画の参考にさせていただきます。Eメールでも結構です。

いただいた「一〇〇字書評」は、新聞・雑誌等に紹介させていただくことがあります。その場合はお礼として特製図書カードを差し上げます。

前ページの原稿用紙に書評をお書きの上、切り取り、左記までお送り下さい。宛先の住所は不要です。

なお、ご記入いただいたお名前、ご住所等は、書評紹介の事前了解、謝礼のお届けのためだけに利用し、そのほかの目的のために利用することはありません。

〒一〇一-八七〇一
祥伝社文庫編集長 坂口芳和
電話 〇三（三二六五）二〇八〇

祥伝社ホームページの「ブックレビュー」からも、書き込めます。
http://www.shodensha.co.jp/bookreview/

祥伝社文庫

東京箱庭鉄道《とうきょうはこにわてつどう》

平成23年10月20日　初版第1刷発行

著　者　原《はら》　宏一《こういち》

発行者　竹内和芳

発行所　祥伝社《しょうでんしゃ》

東京都千代田区神田神保町3-3
〒101-8701
電話　03（3265）2081（販売部）
電話　03（3265）2080（編集部）
電話　03（3265）3622（業務部）
http://www.shodensha.co.jp/

印刷所　図書印刷
製本所　図書印刷
カバーフォーマットデザイン　芥 陽子

 ISBN978-4-396-33711-7 C0193

祥伝社文庫の好評既刊

原　宏一
床下仙人
注目の異才が現代ニッポンを風刺とユーモアを交えて看破する、〝とんでも新奇想〟小説。

原　宏一
天下り酒場
書店員さんが火をつけた『床下仙人』でブレイクした著者が放つ、現代日本風刺小説！

原　宏一
ダイナマイト・ツアーズ
自堕落夫婦の悠々自適生活が急転直下、借金まみれに！　奇才・原宏一が放つはちゃめちゃ夫婦のアメリカ逃避行。

恩田　陸
不安な童話
「あなたは母の生まれ変わり」変死した天才画家の遺子から告げられた万由子。直後、彼女に奇妙な事件が。

恩田　陸
puzzle〈パズル〉
無機質な廃墟の島で見つかった、奇妙な遺体たち！事故か殺人か、二人の検事が謎に挑む驚愕のミステリー。

恩田　陸
象と耳鳴り
上品な婦人が唐突に語り始めた、象による殺人事件。少女時代に英国で遭遇したという奇怪な話の真相は？